致夏書簡

佚凡——著

我是肢障，
不是智障。

夜來幽夢忽還鄉

初次見面的詩刊主編的第一句話是「你的作品，我連看都不看。（因為對腦傷患者有害）」。

我微笑（苦笑？）以對。

其實，原本屬意的題目應該是「十年生死兩茫茫」，在從書架欄上沒有《灌籃高手》、《海賊王》熱血少年漫畫的夢境驚醒之後；顧慮到了編輯大神，或者索賄的文學獎評審會再度以虛長的出生日期而作出生命批判，只得無處話淒涼。

夢中場景如同電影特效快速流逝的乍醒崩解後，因為曾經在大學時代修習過哲學系的「經驗主義」，於是自動貼附上場景是曾經盤桓許久的淡江大學。

徬徨許久。

夢中親像擱有佮演員們講到「福州乾麵」、「正宗川味牛肉麵」餐廳e所在。

（逐漸地辨析釐清，夢境的心悸卻似乎更加劇地殘破瓦解遠離了。）

演員們是在文化大學時代，宿舍室友的同學們。

這句文字看來十分不妥當的原因是，自己和不共款系所的同學們予人hőng安排置ti7男生宿舍一樓的殘障寢室中，和其他同學們多是同系同班而被歸隊有所不同。

車禍，導致運動神經受損（同時也難以作出兩津勘吉組裝機器人模型的精密性動作。）；經嚴謹鑑定後的舊式殘障手冊標明「肢障」，新制殘障手冊的「障礙類別」則是「第七類」：神經、肌肉、骨骼之移動相關構造及其功能。

不是智障不是精障。

（落筆敲下電腦鍵盤之際，也逐漸地在試圖發現文學的原像。）（曾經私淑的楊照曾經出版此一書名；而年過四十的自己，應該也能寫下了？）知識話語，而非老生常談。

有一段年代至今，文學獎評審們和學者們，都沒有與其他人對話，而截句地抨擊在文學作品中偽裝自己淒厲人生的寫字人。

悲慘世界。

夢中演員們是文化大學的同學，夢中場景是淡江大學的所在，會被兜攏在夢境的原因是要參加國家公務人員考試。經年累月下來，從大學時代就跟隨的研究所指導教授悉心豢養出習慣對各種命題（非「敘述」）置疑的心性所致，總是名落孫山，並且和那些也各自沉浮的「同學」（？）們相識。

（老師無時無刻強調著「學問來自於生命」，不同時間點有各自殊異的人生觀。）

一位研究所的師長，就曾經打趣地向其他學長姐們表示：「這位被系主任所長院長欽點的新生，入學（歷史研究所）考試時無回答問題寫出著答案來，顛倒質疑此一題目的不妥不當不適切。」

從後來認識的學長口中得知。

結交？

《魁！男塾》。

行筆至此，夢境已經全然消逝了；只得引文日前複習駱以軍《西夏旅館》（下冊）而怦然心動的一段話語（並且回想起在歷史研究所碩士班，被責成口頭報告熱力學「熵」的場景。）（日後還因此在網路上，向尊敬的網路小說家蔡智恆請教相關問題呢！）：「**她知道那些都不是他的記憶，是他剽竊來的，別人的記憶。**」

例如從小研讀劉墉、例如作勢尊稱每一位文學獎評審為「老師」，並且低頭鞠躬雙手環抱於腹前恭謹地聆聽這些不是家人們的陌生人們復頌生命的意義（雖然自己是以敘事學研究先秦的典籍，早就知道《莊子》的外篇、雜篇有偽書的可能了。）。

夢中場景只有寥寥數人，始自斑駁殘破的教學大樓外，呈現出荒涼的寂寞。

像是二十餘年前曾經導致心跳停止e車禍發生了後，休學在家中以市內電話聯絡國中時代，作夥食薰相舂相拍、現此時置清華大學就讀的同學；第一句話如同京劇演員的自報家門後，卻換來「喔，有什麼事嗎？」

無以為繼。

待誌。出桃花源後，處處誌之，卻再也遍尋不獲。

像是沒有明顯外傷而虛胖的自己，復學後的第一次大一體育課沒有被編入殘障同學們的

「自強班」；而是與班上同學在籃球場、排球場上的不知所措，最後只好獨自一人在鐵絲圍牆角落抽菸。謝謝體育老師沒有把違規的我視為不合群的頑劣份子閱讀本文不泣者不忠不孝不仁不義。

離題了。

我們這一群國中死黨，二十餘年來的每年春節都會聚餐話淒涼；自己反覆對死黨們陳述這一段故事，如今在與之無關的夢醒之後，才才才驚詫地步步驚心地不可置信地臆測：死黨們知道體會理解移情洞澈我這一句敘述（不是命題）嗎？

有什麼事嗎？

這二十年來，因車禍導致語言障礙而接受語言復健的我（行文至此，終於不能以第三者客觀之姿，誠實而不加工地闡述、分析歷史，而使用「我」了。），都在說廢話?!

死黨們知道這一句敘述，夾帶的無語置焉遠超過賺人熱淚的好萊塢電影嗎？

不是的，雖然生、離、死、別也都是人人常有，甚至《西夏旅館》試圖擘劃的國族終結，我要強調的不是廉價的賺人熱淚，而是、而是、而是自命與常人不同，認真見證生命的文學人，其實更是糾察隊紅衛兵路人甲。

離題了。

這是一篇中規中矩的文章，不似我的大部分行文：為了親民而有大量漫畫卡通常民言談前後倒裝句支離破碎其實故意凸顯刺點所在卻被批評為流水帳似的敷衍了事；認真分析上文提到的「熱力學」，卻又被評判炫學賣弄知識沒有真誠地面對生命後段放牛班的歷史研究所出身有何資格談牛頓！

我的指導教授是基督宗教背景，卻任教於佛教團體成立的學園（這裡並不是意指「佛教學園」），並且擔任佛教經典的（前）主編、我的指導教授接受「新儒家」學者的指導，在台灣學術史上曾發生爭執至今的分門結派、我的指導教授讓我成為中華民國建國超過百年以來至今，頭一e也唯一一位接受師命，學位論文直指《左傳》的歷史研究生。

那是孔子「春秋」經的傳書，在中華人民共和國成立的「孔子學院」逐漸引起世界各國皺眉的此時此際。

國中死黨們能理解我敘述的「有什麼待誌嗎？」嗎？

頂真、互文，或者，不是文學的術語：互見。

每當想起我曾經讓彷彿歐陽修的母親、教我讀書識字的母親，難過自責落淚表示自己更年期到了加上粗鄙無文於是無法理解我的話語之時，我就一再一再地自責。

別人的故事。

彷彿上文提到駱以軍寫著「別人的記憶」。

離題了。

在沒有青春熱血的漫畫夢境中，最後一天的考試場景，是大家款妥行囊搭上接駁車（王家衛《擺渡人》？）前往考場，考試結束後繼續往蒔岳曾吟唱的日光機場前進。

我不知道、沒有人告訴我、我沒有款妥我的行李。

當場，我一個人，原地。

寂寥。

無明顯外傷，卻持有殘障手冊的家己，早就寫過四川沒有「正宗川味牛肉麵」、福建沒有「福州乾麵」的小說了。

夢中同學登上接駁車逐一地離去，沒有童年時欣賞的電影《報告班長》系列的熱淚盈眶。沒有入伍服役的我，能否在探討「文學的原像」的本文，寫下此一敘述？

寫下此一命題？

驚從夢中起。這些日子，謹言慎行的我與一位終結網路通訊後多日，手機簡訊傳來「曾有過美好友誼」祝福，卻因為殊途的舊友（法務人士）分離，（別人的記憶？）（百口莫辯的我卻因此不吃不喝數天。）（內觀內視內自省。）不論是否字裡行間被埋下暗示成為固著的錯覺，（被家人送醫急診。）（又因為此時的瘟疫蔓延。）（必須被隔離觀察八天。）（與一位躁鬱症病友同居。）（無關年歲生命的經歷。）（那是腦內多巴胺的分泌。）激烈運動可降低其濃度。（有病識感的室友不時操練跆拳，或者伏地挺身仰臥起坐。）

自我介紹時，我沒有說出真名；整整八天困居於斗室內，夜晚九點熄燈後，我獨自一人在浴廁內讀書，離別之際也沒留下任何通訊媒介；室友是youtuber，告知了我其經營的頻道。

（日前有淡淡地向其問好。）年過四十而如此的我，還能寫文學的原像嗎？

什麼是「舊友」、什麼是「過『故人』莊」？

「剽竊他人的記憶」是什麼？

我曾致電給舊友，自報家門後，話筒傳來拘謹有禮的「有什麼事嗎？」發生家暴的我，本市政府某區公所就業服務中心表示「相當抱歉，我們無力幫忙，您還是持續在文創領域努力吧！」的我；文學作品支離破碎流水帳敷衍了事卻又炫學賣弄知識沒有真誠面對生命不尊重讀者的我。

想從他人的記憶尋訪自己的我，不只十年生死兩茫茫，有資格寫「文學的原像」嗎？

小軒窗。

異鄉人在牢房。

是為序。

驚心動魄於12/14/2021 4:36 AM友情結束後至今，終於可以動筆了。二稿於12/14/2021 9:18 AM加上體育課的段落與索賄的文學獎評審；接到她求助的簡訊。三稿於12/14/2021 11:18 AM加上「不是智障不是精障」。四稿於1/1/2022 2:01 AM除去收到沒有稱謂的簡訊之描述，可以放心投稿了；參加表弟大喜，表姐回外婆故居時，脫卸了高跟鞋而快樂地說著「終於可以腳踏實地了。」。五稿於1/5/2022 3:35 AM王力宏事件；又被拖去中醫療程與求神問卜；她想成家?；大聲質問那三位女性的共通點；一天的時間終於找回google的密碼。六稿於1/20/2022 2:58 AM從高師大燕巢校區探訪火山湖；想起高師大性別研究所；加上「成為固著的錯覺」。七稿於2/4/2022 4:22 PM除夕當天在旗山發生車禍，今天又摔車了，於是把「歷史學者」改成相類的「法律學者」；與新友（?）Line相談時，仍表示思念早已刪除所有訊息的舊友。八稿於2/25/2022 9:46 PM心理測驗（智力測驗?）之後；對父親的粗暴踰矩；小榛今天沒有聯絡；本來想加入「被其曲認為愛戀」，卻還是作罷。九稿於2/26/2022 3:39 AM替換成「舊友」；對在喜菡處一面之緣的舊識，臉書通訊名改成「Rebecca」（與拙作《書及妳・余生》提到遠嫁至德國的大學同學同名）不太舒服，於是取消臉友關係。從「西夏旅館」（?）返回，增加最後，上移為序。

目次

別人的句子

抄來的句子

分行的句子

流放

鎖和鏈
陪行的衙役在境內
依序的生祠中署名
報和到

祈雨的地界
尪姨婆娑階下舞唱生
和鳴囚車
緩緩地通過泥濘的沼澤依序在各羊腸小徑旁報到

認罪再次地認罪
被賦權木蘭
之墜露才能通往版圖上邊境和邊境洗滌

迎風晶瑩的身上
隨
行者漸漸多了起來帶上各地認罪的文書副本
和沿途深淺不一的刀疤
（猶太教傳教士沉默著）
枯井

受刑是沿途一直降靈
墨翟念出沙盤上的童謠招撫各地渡津
到處在道旁受命

在山路旁停下了，
同行的衙役
是遭貶謫的稗官，念念不忘水中月
以詩贊羔羊被映真

回原形的傳教士奮力地張開
血目不識身上斑斑
拓樸娑婆世界

他忘了故鄉的方言

所有的罪刑
最初的約定等待封禪的那天再譯一次身上
凝固的血汗以椒漿沾

了滿身將離瓣瓣

初稿於10/11/2016 10:58 AM人文學科碩士的自己竟無法了解數學和電子科學的世界觀，如何能再言心理學或牛頓、愛因斯坦、甚或熵的世界觀呢？自己以洪蘭的譯本立說，又是否可行？「知識」從何得來？自由者何？《史記‧太史公自序》：「藏之名山，副在京師」與古文經；歷史陳述上的真、偽與對、錯，該如何在治學時針砭人物（或者不該？）？柯公解讀出了耶誕停戰日，並回憶當年的鬼故事。二稿於10/11/2016 1:37 PM新聞播報消防隊員台東知本的救災情形，將「陪行」易成「同行」。三稿於4/20/2022 2:03 PM「將離」是「芍藥」的別名。

（感謝國際華文刊物《今天》的官網收錄本作）

古早時陣

同儕趨位稻埕門腳口去
看著戲臺
置城隍廟頭前兮停車場

（搬戲）
別郎兮故事　我正咧傳說中走縱

現此時兮世界
冇底片、冇郎翕相、冇郎自頭到尾攏置本底兮所在
掠故事內底兮我直直相

神明聖誕作祭
逗陣作伙兮遷迌[1]郎才會來遮
看別郎兮故事

（我置停車場走縱）

傳說中　神明兮目珠
看會著我厝
雖然，中央有足濟郎偎置停車場扮別郎兮故事
散戲了後（擱有一蕊目珠捋鏡頭直直相）親像搬厝
扮戲兮郎看戲兮郎
換一個舞台是神明

---

1 在明知可以「佚佗」象之的情況下，佚凡依舊堅持能如此表意，及控訴。

置真久以後，用目珠直直相掠影機講兮故事
會當搬舞臺
會當扮別郎

（故事中兮停車場　位佗一兮所在卡會當看著我兮厝？）

我捋鏡頭直直相
神明兮故事　是別郎置傳說遐底走縱
自古早時袸開始，我著捋鏡頭直直相

停車場／別郎兮走縱／阮位厝兮門腳口
（掠影兮神明自頭看到尾）
看未到故事中兮廟埕

置冇傳說兮現此時

初草於1/18/2008 4:03:27 AM對「跨界」的劇場思維迷思、及對此一術語之不滿；停電。二稿於1/18/2008 4:03:27 AM即將由《繹史》進入漢代經學話語；加入「掠影」、「掠影機」、「傳說中」；刪除「逗陣」之前的「甲冇共款時間」；易／譯「冇故事兮現此時」成「冇傳說兮現此時」；試圖釋例「走縱」、「故事」、「傳說」。三稿於1/18/2008 4:03:27 AM「同儕」；從劇本型式變成了如此的演出本；而史之典藏是否需要零度？四稿於3/3/2008 10:55:39 AM修改完〈代序〉、〈開放票根〉，校訂完〈古早時袸〉版一後，將「神明聖誕作節」改成「神明聖誕作祭」以成此版二文述之合法。

落榜

改建後的城市依然擁擠
戀人造常
用競選海報的微笑告辭

告亂別人：就算同行，也不是（你們）我們了

雨季的咖啡店內，透過櫥窗
（透明地看到了花枝招展）

沒有外框
把身心障礙的獎狀拆下、折疊
跋山涉水到放晴的城市大家都交換共識大家都有
傾盆大雨的微笑樹枝草葉上墜露

珍珠也可以像是夜空的明星
有繳稅的沒繳稅的都是風景

我們操持著相同的語文
舒坦了沒有引文的獎狀

依然不被入選
。電影主角病況比妳嚴重
，請加油，不要放棄希望

請繼續勇敢地活在作文比賽有獎狀的世界

繼續親近勞苦大眾，而不是妳
請親近勞苦大眾，停止說自己

在沒有獎狀的國度造飛機造飛機來到青草地
玫瑰依然如昔
花瓶上釉粧功細膩
（下雨在天橋上車潮依舊觀賞這個城市有過的愛情電影沒有紅綠燈）沒有待轉區

初稿於8/13/2018 5:27 PM實驗學校代理教師名額沒有錄取；范冰冰逃稅；李心潔不再是仙女。

（感謝《野薑花》詩集收錄本作）

3M

在有公車行經的山上
熨蒸的日光如紗
如布如依如好色的員外也無法看清迎面
而來的番路在海濱服役時

（定時地巡守著無人的碉堡）掛勾

姐姐！
驚呼著我知道那是妳
在夢中初癒
我提著垃圾桶很憂悒，姐姐在畫面的另一端低頭沉思
戴著耳機。畫面有無限空格
眼神從未交會

The Gunner Dream下一首是Your Possible Past

彷彿總是沒有的初戀
從囚車的毛玻璃看出窗外
妳騎著鐵馬戴著耳機交會逐漸落後散盡千金的我
撞倒覬覦的守衛下車狂奔這境外城市
都在通緝沒有人知道的我在沿途喊妳

妳的名一直一直響徹大街小巷畫面一直是
妳悠哉地哼著
聽到的樂章阿甘在公園雕像噴泉前停下了

環顧四週，都是人，
沒有姐姐

（被陌生人包圍）我以為的初戀
情人在夢中：我知道那真的是妳

這些日子以來，唯一不是春夢的相遇。
我是提著垃圾桶面無表情的中年林強，畫面是經過公園的長椅
沒有人擁吻，也沒有人

草於8/9/2017 5:21 AM感謝水瓶鯨魚的畫作；彷彿夢見學姐；《甜蜜蜜》；林強。

（感謝《有荷》文學雜誌收錄本作）

方圓

刀光
二十年後的繾綣映出
還不是死者時驚愕的

神像生祠影子
看不見妳犁首時緊咬下嘴唇的泫目欲泣
禱告告狀狀告

衣錦榮歸的人來自
異鄉來自衣錦榮歸

（井底之人漸漸地
霓裳羽衣化成天）白水素女看見外面
就回去變成快樂的單親媽媽一輩子都

沒有告別
人神僊起舞弄清影幢幢燭光
和背景的閃電衣錦榮歸的人

不知道什麼是那裡火災了單身的消防隊隊長
有禿頭衝衝衝的行政院長
我們不在那個時間點的經緯度卻依舊謾罵我
們

不是我們**的**我們，[2]沒有我們**的**我們

---

[2]「的」引自王志宇《台灣的恩主公信仰：儒宗神教與飛鸞勸化．儒宗神教神學體系的建立》「『修己以安人』——儒家思想世俗化的完成」條有言，其曰：……（前略）**重視個人之道德實踐的工夫，故言：信乩不如信理，信神不如信己。**（台北市：文津，民86），頁228。

筆者案：釐清一貫道、慈惠堂、儒宗神教其實各自不同的本書，是由人類學學者宋光宇指導的學位論文，其取徑當然與史學背景的　余英時先生有異，於是書中多處與之請教；而筆者雖然也有修習人類學學養的老師所開設之儒教課堂，卻因不用功而所學甚少，於是對本書所述多有未知的疑慮。

二十年後映出當年
映出二十年前妳犁首
而我想像的台步
（依舊是暗戀桃花源）甜蜜蜜張曼玉笑笑地不知所措
指著屍體就哭了

忘記關的窗／師移地保鮮膜自己

抖包袱於4/2/2020 11:08 PM如附圖，「中國」境內啟蒙、而在海外以漢學家身分的余英時先生在聯經出版社發行的《東漢生死觀・生與不朽》，以音義而完成的「仙」、「僊」互訓（翻譯失誤？），更明白地由「求仙的世俗化」表示了儒家教化的質變，也就是不同範疇

而引文提到了「工夫」，很明顯的是宋明理學的述語（術語），本節又多處引文新儒家第三代、有哲學學養的　蔡仁厚先生著作，而「直接地」將有「新儒學」之名的「理學」劃入「儒學的傳統」；雖然圖像脈絡可以成立，後生如筆者個人所學不精，還需要彌補書中提到的各個代名詞，於是暫且不明所以，筆記下來而待他日研究。

的演化，由「長生不老」而至於「成仙」。個人因此以為有「彼世」概念的宗教（religion）神權觀，其實是在第二義的脈絡上才被建立的；蕭亞軒〈窗外的天氣〉。

（感謝《力量狗臉》收錄本作）

娃娃飄洋過海來看妳（超盜詩）

陌生的城市啊　熟悉的角落裡
量販店陳設著異鄉的一周

水和泡麵要揭開覆蓋的指模
放進微波爐中
時間和故鄉一樣流逝這半年
每個我都是人

聲聞
警報作響不確定是消防車或警車或救護車
或瓦斯氣爆引起的私人自用車妳走

出便利商店前在自動門開啟時停頓了一下
為默生人陌禱

（賞味期限過了還是等）我是被端出的羅漢腳

眼睜睜地望著駛遠的公車背影
要去離垢地用無影燈
探望在無菌室中的政大搖搖哥

隨行解脫見證漏隊人
在鬧鐘盡響後成正阿

透過泡麵氤氳的上方，看見不動地牆壁，
知道菩薩不在這裡？或者，其實妳從來就

沒有我已經到了？像是拾荒者：
我在你們之中，可是我不是你們

像是危害到人群的國王被送進戒律院付封彌官謄寫校勘舊情

人寫上知障的我
來了而妳依然撳按下鬧鐘
能障真如根本智

初稿11/14/2017 11:50 PM李宗盛；還是因為情緒造口業嗎？寫出當時的訥訥了。

（感謝紙本《吹鼓吹詩論壇》收錄本作）

準帕金森氏症

很像的行為分析自我

檢測字典代／言人／捐獻給神明
不在的教堂總閉著門

城隍廟
例如妳也來自行中斷藥物了

裊裊香煙
了櫃在案前的信徒們都在擲筊我們
有很像在

（信仰）
經典內的故事有人在

發問我們
都很像為什麼不一樣
（妳換了電話號碼）抿唇的神像在等妳的祈願
語音信箱後仰天長歎沉默的神
像是病歷表上
我們不識的自己

另一個自己彷彿只能看見
櫃著的自己

桌頭

每天都顫抖著手分析
另一個自己在病歷表上維持
自己從字典剪下妳的名字，

（很像，但是為什麼不一樣？）

一直

初稿於10/18/2014 12:01 AM第五行；與嚴師通信；婉拒了疑似地下錢莊的金融公司；《史通・載言》；我正哼著劉若英；魯夫到海軍總部了。

大樹公

野狐漸漸地
竄向南方建業的書院躲避自己留下的
線索是獵人

緣自足跡在替身
地藏王菩薩歛目佇立守候著森林外
不立廟宇的稻田旁

上一代興建的書院典藏著書頁泛黃的圖鑑

旅遊勝地比對旅遊勝地

在給孤獨圓裡夢家
遍地揭竿起業

敗績
原本的守護神蹙眉原本的淨土業
已瘡痍裂帛愛
轉向了

敗戰的逃兵們從門徑
初窺的蜿蜒被矗立的富麗堂皇擋下視線
裡面都是圖鑑

（火車快飛！火車快飛！）

消失的國界戰火連天話說
當年陳涉、吳廣、諸儒
蔭下未及張開的保護傘荒塚都在一旁那棵
書院前的槐樹下

蝸牛慢慢地爬出泥濘相迭的枯枝落業蟻穴外
根莖蔓延著猙獰的大地到
處兵卒們稍微拂拭了墓台就死屍般地自然睡去

圖鑑
不能離去的九天伏法在最後一彈指
醒悟六月雪不入因果？

屍横遍野血流漂杵蛞蝓
在槐樹下緩緩地爬行

無視影武者死了
原地
沒有悔改的人恆河沙數頌音呢喃著方言

龜裂和斷垣殘瓦成了葬禮上簽到的名冊見證
翻業的義庄和村莊的暫厝終
有一天烽火會焦土了所有的蛞蝓

緩慢地等待離席的眾人集結家
空空如野狐

無法想像漠視，
槐樹垂下了童話

初稿於10/8/2016 9:56:10 AM槐安國；〈少女的祈禱〉後果然寫不出新作；駐南蘇丹的聯合國維安部隊無視數百起性侵案件；孔子留下的空白、史遷整齊的故事；神秀大師。二稿於10/9/2016 12:51 AM百丈懷海；所有的困惑與不適在加入「影舞者死了」之後消失殆盡；謝謝網友旅人前輩的提醒、網友Mayaw兄所言的上帝、大使之動容、及一時也無言的網友Mann兄分享了南斯拉夫的相似案例，並以舊作試圖透過美國前總統傑佛遜來闡述政教分離；對反烏托邦的反省；「槐樹垂下了童話」、應該說〈大樹公〉之作盜自吳啟銘先生〈南投地景詩〉；「（火車快飛！火車快飛！）」是對網路作家蝴蝶（Seba）致敬。

（感謝《有荷》文學雜誌收錄本作）

讓我成為你們期待的人吧（盜題詩）

未若柳絮因風起

然後就留下米國西部牛仔
決鬥後一個人獨自
點起雪茄離開的背影妳在

等待投入誰的懷抱
而我相信離去的始終是騎白駒回中原
過戲般的彷彿
立志的年少時代外國總一直試圖呼應

讓我成為你們期待的人吧

A Day In Life
偶爾抬頭，張望落雨的天空

歡迎來到沒有water的機器
赫胥黎直到妳歇筆那天還讚頌著美麗新世界
而我相信，一直相信，一直

性傾向是可以改變的
攝影大師說關鍵是多讀書
才會知道聖殿遺址被隔離的強姦現場是那位孕婦憑弔然後自殺
海德格寓於集中營內寫下主持正義的自己

曾經仰望一位學姐
而騶衍相信，一直相信，一直

草於11/30/2015 3:03:05 AM樂團「那我懂你意思了」之歌曲〈我是誰〉；蛋堡作詞、MATZKA作曲的〈I Believe〉；雷光夏〈逝〉；在馬世芳先生《地下鄉愁藍調》網站所收錄的〈想起Pink Floyd和一個人〉中完成（「A Day In Life」見其引述、「偶爾抬頭，張望落雨的天空」是其翻譯）。關於民法修訂與同志婚姻，盜用張耀升先生於二〇一六年十一月二十九日所發表的〈性傾向是可以改變的〉。

此在

在野·

從天空之城望下那裡
快到了，來自巴別塔的傘兵吩咐著就是
偃武修文的那裡，俟天休命的那裡

·

在朝·

朝會後，收好妳的笏板退出公广
就寢的一帶一路上，牧師與遂大夫皆在臆想著
童年（神父）應許京上風華的音節：這個給妳

·

在室·

往事並不如煙足球

比賽的裁判（卡繆）給妳一張紅牌對手（明王）笑

了笑妳是異鄉人持續缺席地撫慰在地被寫出無有罣礙無所執的傑出校友

（感謝《中華日報·副刊》收錄本作）

告別式外

旅館內結我名字
了櫃檯人員說先生您在室的時間業已剝奪被告罄

和被證明是無業遊民
同時發生停機坪我們
被裡面the lost key

突然沒有想到愛
突然確認自己早就沒有愛了
很久很久之前就已經不愛了

阿桑一直很安靜

（影子縫紉術）自己以為可以寫下更多瑰麗的篇章
在命案現場逗留盤桓
記錄遊客的散焦幻瞳（得如願已）

千百年來這裡死了無數生人
演員們都復頌觀光局的事業

參觀動線道具一樣的沿途
被命案現場搬移成目的地
（醒醒吧其實你根本沒有女朋友）

沒有如夢如畫的你的故事
在旅館內被認出／想像了

道和具
盤桓和自以為是的浪漫與孤寂然
後解業the exit of us（with or without you）

初稿於4/27/2019 4:27 AM今日追思捷公；前天單車回旗山；阿桑〈一直很安靜〉。

（感謝《野薑花》詩集收錄本作）

本書感謝並敬悼因病而逝的研究所時代室友。

瑞祥國小

崗抵達
之前也是目的地遲到
歸巢鳩媽媽把蛋推出去山

妳是誰？
舊情人指著泛黃的老相片
問自己彼時如何護貝身旁

人在此地名們中來來去去
例如義務教育的國小、國中

瑞祥
沒有地名可以查詢無主亂葬崗
遷徙到公有地

眾人允諾可以不必在意的蠻荒不毛之地（靈
暫厝妳出生的那一年那一月）
（民國六十九年十二月四日辦理無主墓一千兩百三十七座遷移工程，並移靈後勁納骨堂
及深水山公墓。）

國／瑞南，漢化後的陰廟／大
王爺是遲到的活人蓋廟把被埋葬的先住民
小／穿金戴銀，並且成立／鮮

玄德殿空地掠草蜈仔變成信義會教堂總統選舉的投開票
索公背對廳或者廨？

活動中心我們大家公有（舊情人）地
服從的空襲演習
公有目的地從不匿於地圖上
翻倒的咖啡漫溢也沒有遮掩地名中來去自如的人的視憲

了接續的義務
教育目的地遲到的創校校長是黨代表

移靈我們移靈國
中逐漸入駐消防隊模型化的社區目的公有舊情人个被在意不被侵占的不毛之地
天橋高中落成的葬崗

在／屋頂（被推出巢外的蛋）祭壇／是
舊情公始終沒有漂向北方

妳究竟是誰？
（我又不是麻鵲。）

初稿於5/24/2020 12:20 AM公墓那一段元作在Word上是加粗標楷體：引自瑞祥國小（高雄市）的網頁。二稿於5/24/2020 3:26 PM紅毛港村的大牛牛肉麵；麟；加入選總統的索、

「舊情人始終沒有向北」；快閃取消；謝謝約翰走路。三稿於5/25/2020 1:24 AM加入「高中」。四稿於5/25/2020 6:05 PM將營；漢學之於沒有智慧財產權概念的中華人民共和國知識分子；錯別字：「掠」。四稿於6/27/2021 3:02 AM完成〈平交道外〉；想要加入「我是麻雀」，還在找地方；駱以軍〈棄的故事〉。五稿於4/20/2022 2:22 PM從「我是麻雀」改成如此。

非相類之事

早起傾盆大雨過後陽光
如紗篩過窗簾繖落一地巷弄後方炸排骨的店家酥油味蕩漾的清早嗶啵時分
煮了一壺耶家雪非新婚
對齊蒜香與奶酪麵包到客廳（無人造訪）歇息
關於接續情節早已規劃好
是打開沒有父執輩們童年拉門的電視

夢後的早餐時光
是歇息時分：暫停發現人生的意義

人生（發明？）第一眼見到白紗護士身後冰冷器械
而後身不由己被遷徙到滿臉倦容口臭汗水狼狽不堪女體前
恐懼不知所措（初痕銘印現象）來到沒有背景音樂的悲慘世界
安海瑟威放聲大哭在客廳的沙發上

轉開了電視或許是家慈夜半觀賞韓劇之故
頻道依然停置於性感美麗人生女體所在的八大行業娛樂台
播映經典日劇《長假》，一九九六年的古裝劇
（確認是假的）
木村拓哉、竹野內豐，和青春氣息依舊嘟嘴的松隆子
雖然是距今約三十年前的異國
觀賞時從來沒有感覺違和
人事，以及背景器具
例如領取殘障手冊而接受清寒家庭補助認真辛勤臨帖字典的自己
就非常欣羨劇中被其他人揶揄古董的四輪傳動
（異國、期盼、自己、昔時？）
沒有違和感
儘管語音、人事都不是此時此地，就連字幕一定也不是二十餘年前的大學時代
……那是初次長期地離家外出吻
與澌凍人新聞系的學長，
和車禍骨折右腿上石膏的印傳系啊德同居於一宿舍的年代
身為二十世紀少年除了只有搖滾樂可以改變世界之外

最重要的任務就是手機不能離身隨時隨地佇遮待命
傳送衛生紙到男生宿舍的公共廁所
給彼時就需要撐拄拐杖的室友們
啜飲一口微酸的衣索比亞
那時與美食新聞家學長追劇
也是松隆子與木村拓哉的《戀愛新世代》記憶最深刻超越
更早年代播映的《惡作劇之吻》雖然產生的震撼與樣板（之於人生）不若後來才有（在？）
（是？）的《魔女的條件》
人生與作出的科白行當，
其實似乎並不是如犯罪的藝人所謂時、空限制？
（呢喃更不是斷續復刻義務生活與分行倫理人犯案後面對新聞記者的教育台詞）
例如大家都會有的基本配備維基百科「魔女的條件」條。
表示日劇片名之「模魔女」其實典自歷史故事之歷史故事書所謂中世紀歐洲廣義「基督
宗教」的「獵巫」事件
學生時代在男生宿舍內嫻熟 a 日本教育片的大家就完全不能認同此一知識話語
魔女不是魔女
「魔女」的來由，也不是被命名為「魔女的條件」此部影音日劇故事內容所必須釐清的

（「二者非相類之事」故事敘述與故事解釋
融於有標題有段落有句讀的敝本此故事文中）
二者非相類之事，坐落於不同的象限範疇
確認是假的
會對《戀愛新世代》如斯刻骨銘心的原因是駐紮男生宿舍的系教官，在拜訪本系殘障同
學們時，偶然地問著正龍蟠虎踞於床上的學長一句「同學你是怎麼了呢」
（電腦螢幕正停格於松隆子擎起剪刀裁切木村拓哉長髮的畫面）
殞落接續的是「啊就身體手臂大腿小腿一直萎縮，最後心臟也變小，然後就死掉了啊。」
學長笑笑地接續台詞
教官愣在原地，然後就虎目盈淚室內靜寂松隆子擎起剪刀裁切木村拓哉的長髮
接續
故事
故事書
畢業後返回高雄的日前，騎乘自行車前往高雄醫學大學附設忘了中和或永和醫院不是豆
漿更不是豆干厝的路上紅燈時在白線前停下逡巡環顧四方其實都是「對面」
天地一片蒼茫
景換仙子在鬧區中孤身一人而且沒有錯別字

前後左右東西南北其實都是「對面」
和「歷史」一樣，現在的自己所見到的也都是光譜兩端
各種歧路，和無法預見的未來：不是公車站牌，關於歷史，關於過去
Your Possible Past
（抾記去過去 ê 故事有愛加 s 無）
Yours，到處都是對面
關於閱讀，關於寫作
關於我們
不只離別，而是離開；另外的窗景，另外的抵達
另外的「羽衣仙女」
何謂「接續」？
周末新聞晚餐時間都是特別節目報電導視：菲律賓「天使城」
記者旁白比台北愛樂電台雷光夏還要性感呢喃
：（「超過八成的女童都會複製她們母親的命運。」）
八大事業娛樂台
（感謝教宗賜與神父原諒墮胎婦女罪愆的權力）
故事

孔穎達《春秋左傳正義‧僖公九年》的疏文：「**二者非相類之事，而并為一**」
正是自己在多人新書發表會上，按時繳稅且籌辦扶貧基金會的法利賽人，笑著公開宣布
我自己腦子壞掉的那場演講上，自己的提問。
不知道「代理教師」是什麼的退休師資。

何謂「一」？

我們每個人各自在人生自己的台詞，都是本自不同的各自故事書
典自各自不同的故事書
卻譜成這一刻停格的故事
故事書要如何完成？
所謂考據，所要求的故事不是這一本故事書的故事
（黑化肥揮發灰會花飛，灰化肥揮發黑會飛花）
接續掉落的是李心潔〈沒完沒了〉：
妳有沒有聽到！
沒有問號
（或者，不是問號）確認是假的：

量販店停車場的小孩很堅強，從來不哭泣
濕痕未乾上襟衣領青青停車場自己在觀察審視每一過往人影
和監視器電視機（？）播映出的單色單調咣郎
刻意押韻台語地等候找尋走失的幼稚園老師
（和同伴）我的才藝是等待
等監視器裡面的人跑出來
和我制服一樣顏色的人們出現

故事接續

電視播映經典日劇《長假》。或許是因為家慈夜半欣賞韓劇之故
頻道停留在八大事業強說笑娛樂台
（不是沒有文學獎的人們被暗示而鼓吹沒有文學獎的我思考邏輯有問題）
附魔者感謝失聯的江老師
村上龍《共生虫》只活在網路的男孩注視著日劇《美女與野獸》中
性感美麗的應宮真
回憶認真和室友們爭執松家姊妹誰才是女土的古早時代

（松嶋菜菜子、松隆子），並且寫出沒有環場音效背景音樂的小說
敘述一則沒有搖滾樂的故事。
我的故事，我在場的故事
接續沒有殘障手冊的阿德，復癒脫離石膏離開我們這間寢室的故事
：回到高雄，自行車駛上中山路
都市更新道路矯正
盡頭是過渡時期原本（代用？）接續的火車站
盡頭處右拐接駁上建國路
然後左切南華路進入火車站腹地
彷彿日劇《白色巨塔》二〇〇三年的唐澤壽明演繹一九七八年的田宮二郎
有一幕是：長鏡頭地注視（鏡頭拉遠一鏡到底）（置身？）著德國納粹時期留存置寫錯了
至今的鐵道
（漫畫《海賊王》騙人布和父親耶穌布都是狙擊手的凝視對望）等待接續
The Gunner's Dream
沒有違和的鐵道員
聆聽Gabriel Urbain Faur《夢後》：
確認是假的

初稿於9/6/2020 11:56 AM謝謝讀者又說「恐讀者難以體會」，卻是十年來首次也唯一沒有感到敵意的一次。

（感謝《中華日報‧副刊》收錄本文一千六百餘字的版本之作）

我沒有辦法

小明打開了電視今天早上浴室中文（字幕）電影台播映電影版的《攻殼機動隊》
卻無法完整觀賞
Rupert Miles Sanders執導的電影二〇一七年
外力不是百分百灰原哀學妹
（曾經單戀的女孩至今
，依然是瀏海的灰原哀）
不是學妹，
是灰原哀，曾經以靈魂愛上的灰原哀。
雖然研究所之後的小明不具備閱讀原文書的能力
卻也依稀能夠分辨英文soul，但是，劇中演員的發音與字幕不對
彷彿學生時代欣賞壓縮的盜版電影
畫面分解成馬賽克演員身段科白台詞走位與字幕完全不對
或者是欣賞a教育片
烏黑秀髮、明眸皓齒慧黠流眄雲鬢霧鬟青絲齊耳的出水芙蓉，巧笑倩兮地望向鏡頭處也

就是觀眾小明鶯聲燕語。

螓首蛾眉，佩玉瑜珥，顧盼生姿

（而不是對著身畔的伴侶）。可以被歸類，可以被建檔，可以被抽取。

感覺和自己的切身經驗不對，感覺備受打擾

小明關掉電視，進行本文的書寫。

（不是因為灰原哀）不再流連於宗教場所與特殊教育場合之後，

小明沒有辦法觀賞完整部《攻殼機動隊》，擊打一直一直潮汐女王頭野柳成為沒有防護罩的觀光勝地自然景點文青們苛責政府單位和貪婪的人性推託之詞一樣：沒有進行教科書式的保護。

（白話文是「屋漏偏逢連夜雨，船遲又遇打頭風」）

以靈魂愛上的女孩。

不是柏拉圖。

分享小明日前得到的感動

在一座廟宇供俸著「五營神將」的偏殿中

大學中文系、歷史研究所畢業的小明意外地發現了其壁畫竟然是麒麟

一座由「禮門」進入、由「義路」外出的地方角頭不是孔廟

這種感動猶如醫學研究生化的人員

不斷地調劑
終於在世界末日之前夕出現了與之相應的瘟疫
（我的相信不是向壁虛構話獅爛的創舉聖人製作）
「爸爸，為什麼其他人的爸爸都去上班，你卻跟我在動物園裡晃？」
引文：駱以軍《遠方》
天主教信徒的前副總統放棄了禮遇，而選擇有薪水地繼續工作
「為主作工」似乎是基督徒們的信條之一？
主要？
電影《攻殼機動隊》的片首，
灰原哀醒來之後
博士告知其身、心狀況，電視台放送的台詞如同小明在網路上找到遍布病毒的免費中文
視頻網站一樣：

Only your brain survived／We made you a new body／A synthetic shell／but your mind your soul
your ghost……

小明記得大學時代，曾經翻閱瀏覽過「世紀末」集社

與駱以軍潘弘輝鄭穎老師同班的同學戰克傑，
在和王仙明合作影印然後釘書機的詩集中
——沒有版權頁——不知道作者是誰——（一九九五年五月以前出版的《46°》）
第一首作品〈儀式〉原來是完美地抄襲複製貼上這部電影的對白而成，其曰：

……（佚凡案：前略）
角色被任意錯置著
我們握著人性
並盡力揉皺些
將感性的渣滓
餵養殘廢的愛情
同時
以不需藉口為藉口
安心地離群流浪
（臨走還向羊毛揩淨自己的汙穢）
我們仍然見不得別人髒

（小明案：後略。）我們依然見不得別人髒。
看到了電影的中文字幕翻譯，（可以被歸類、可以被建檔、可以被抽取）
主要粗製濫造，小明笑了笑：「……**但是妳的意識、妳的思想、妳的靈魂……**」
這不是柏拉圖的靈魂（in its own right），或者：「柏拉圖不是傳統市集販售的雞蛋糕模型
奶油打造correct match」
世界不是二元
小明有幸，之前曾在偏鄉任教於國中、高中
學生對這個整天說笑話超幽默而且圍繞在布袋戲與漫畫的老師感到新鮮
學生們國中時代就已然觀賞了押井守改編士郎正宗而製作成卡通的《攻殼機動隊》
小明一直一直要到很後來的大學年代
才從室友的電腦教育片的資料夾以外的歸類檔案中無意間因緣觀賞此一神作
然後與同學討論繁複的花開彷彿萬花筒
不斷不斷變異所有對白都可以指向無限延伸的哲學討論疑難
從未被解答新的困惑又出現了吸睛的目光
初戀
第二次戀愛依舊對相似的女體沉迷
第三次戀愛也是

……
那時候的小明未曾預料到日後會口齒不清地在講台上，以「老師」之姿
提供給未成年的學生們如豬籠草綻放成年人無法察覺的芬芳吧
好奇疑惑更深入
或者說是：沒有、不是的前方早已成形
看不見的城市、不存在的歧視
（小明不再探索宗教與特殊教育場所了）
關於「發現」，或者「發明」：什麼才是「歷史」？
那時候教到了「古文運動」，小明不知道如何告訴學生們隊友包括韓愈以及素不相識的蘇
東坡、蘇東坡回文頂真王安石愛恨交錯人消瘦張雨生彼此是隊友也是政敵
文學如何完成那些沒有？
歷史如何表示前天尚未是疫情蔓衍的昨天？
研究工作，那些背後支撐的力量之巨大
工作
例如墨翟
（與孔子同時人）比較弔詭的是，
史遷沒有寫下專門詳記墨子的篇章，而在〈孟子荀卿列傳〉中帶過。更甚至，

其敘述之文辭「於是推『儒』、『墨』道德之行事」
遠遠早於該卷中提到的「墨翟」！
後人研究，墨子其實也師從儒家；
只是無法忍受太多的繁文縟節揖躬進退
於是創立了也尚堯舜之道、研讀經典的墨家
並且以儉而難遵的工人階級自居。
小明確認了自己的字幕，確定自己寫下「工人」，而非「勞工」階級
小明回想起繼板橋龍山寺之後，日前參觀萬華龍山寺。
陰雨漫漫波瀲翻翩帷幕中，到處都是下跪的信徒
小明受到了很大的震撼
當時心中出現的字幕並不是高知識份子（後段放牛班碩士）的噓嘆
（啊你們這些愚昧的迷人啊！破病就應該要去給醫生看呦！）虔誠下跪禱詞不斷的呢喃
擲筊的或許不是自己，而是家人、親人、友人、股票、演藝人員……
在月老的神像前。
尚未成為眷侶的痴漢，虔心為戀慕的灰原哀祈禱。
那些沒有，
例如「出山」。

台語喪禮的出殯之謂。而清代段玉裁注東漢許慎《說文解字》「僊」條，表示「入山長生」、「即『仙』字」。

死亡，或者沒有。

比較可以反省的是，這其實是隸定之後的異體字；透露著人類開始的思維或許僅是「長生不死」，尚未有彼世的宗教意涵。

如同硬碟的備份。

備份，還沒有用到，可是存在於世。

這種震撼如同小明在萬華那些天賃居於不遠處的青年旅館中

（櫃台上方有著「主賜平安」的木匾）：提供可以拉下不透光布幕、有著燈座與插座的個人床位十二人房小小一間；然後公共浴廁、公共餐廳、公共食堂在另外一棟建物當中

小明反省太平天國的大同盛世，以及中文之謂例如幼稚園時代去沒有牙醫執照只是鑲牙功夫了得的醫生叔叔診所中療癒等待被唱名對號入座診間時

發現了各色服裝穿著人群如皮影戲微細動作靜置的空間有著巨大的水族箱

各色魚群包括紅龍穿梭其中

卻不起衝突沒有言語靜靜地睜大眼睛彼此摩肩擦踵

小明想起了成語「摩頂放踵」。字都很像，人概是未來「國家」的雛型吧？

雖然，小明沒有辦法觀賞完被稱譽哲學思想的這部電影，也沒有辦法和那些複製貼上影

評的觀眾真正討論黑格爾和康德（因為小明沒有閱讀原文書的能力）沒有觀賞完這部電影的小明，發現了中文字幕猶可商榷的翻譯，即時地以手機在網路其實是臉書發表，卻遭到了「何不食肉糜」的嘲諷以對。

關於公開的電影、關於公開的園地、關於（藏鏡人）公開揪群聚眾地嘲諷。

關於小明以公有的知識字幕回答，譏嘲依然

直到小明上了維基百科探查女主角Scarlett Ingrid Johansson和日常的剪影

驚訝地發現竟然不是灰原哀！

才公開地表示自己因為私情，而無法完整觀賞完整部電影；代天巡狩的征伐聲浪才逐漸平息。

小明才彷彿合理。

（好像在公園或停車場目睹流浪狗在公廁外就地便溺，大聲糾舉卻無人在意一樣）

語言障礙的小明想起了演出電影《王牌威龍二：非洲大瘋狂》、罹患憂鬱症狀的金凱瑞（雖然Google是「占・基利」），距離電影《上帝也瘋狂》似乎很久的時間了。

如果，「幽墨」啊寫錯字了幽默是故意的放大……導演Rupert Miles Sanders是否也可以被比擬成剛出校園的新秀，然後執導了這部其實各成名巨導（包括教育片）都會輕鬆完成的作品？

熬夜就可以讀完《達文西密碼》，卻好多年沒有翻完《玫瑰的名字》的小明似乎知道了為何有些文藝青年故意錯置地厭惡美帝。
雖然小明沒有辦法。
不是因為灰原哀。
不是因為妳。

初稿於6/17/2020 1:06:08 PM又被Line台語群組中素未相識的人嘲諷揶揄「四書五經讀透透，不識黿鼉龜鼈竈。」雖然我的研究是漢代之於先秦，而不是朱子截句後的體系。二稿於2/16/2022 10:11 AM加入《46》之書名。

分段的句子

被

或許可以理解家人為何不再有動作，以及對於不斷重複成了期盼成了倦怠。殘障手冊鑑定為「肢障」的小明沒有讀過霍布斯《俱靈》的相關研究，也沒有打過電視廣告上四大名姬向國王獻媚的手遊《叫我君主》，當福利國社會補助出自於道德說教層面觸目所及的電視報紙網路對於「人」的臧否飽和的時候異於只有選舉造勢場合才會集體像是乩童不知道被什麼附身地以全身的精氣神去辱罵嘲諷光譜的另一端。

以為可以竇娥六月雪伸冤。

那些信心滿滿，沒有了。

造勢場合一樣也在復健室中：「加油、走過來」，因車禍受傷復健二十餘年的小明，想起了自己在教學醫院裡被當成教學用具（笑）隨著教師們的指令觸摸鏡子上的Kitty圖案或者雙手平舉成單腳半蹲姿勢甚至逆向在跑步機上行走配合徐懷鈺〈我是女生〉的歌曲節拍擊掌地踢正步前進彷彿電視廣告金頂電池敲鑼撞鏡的玩具猴子……可否用本文第二段「**像是乩童不知道什麼附身地以全身的精氣神**」示之？

上述引文少了「被」（那些信心滿滿）。

告別了被父母親接、送到醫院的前期，有一段很久遠的日子是從住家搭乘台語還是「市內車」的公共汽車「被」載乘到高雄火車站，再轉搭另外一路到台語地名是「後驛」所在的教學醫院。回程的時候反其道而行，自醫院搭乘公車到火車站，再轉換另一路回到住家。

不知道第幾年的時候，說出口的台語竟然被變成「公車」了。

不知道何時。

復讎上述的返家路草，（這一句排列組合的陳述少了「被」），其實卻是無妨，小明一陣駭然。

竟然不同!?敘述相異，實況卻一樣！

是否也側面的表示了這些年的小明也一樣?

> 按照海德格的本體論式直觀，差異於其自身，必須成為鉸接和關係鍊接，差異，應將相異與相異聯繫起來，而不透過任何一致或相似、類似物或對立面的中介。需要一種差異的區分化、作為一位「區分者」的在己、一位「共自身有獨殊性者」（Sich-unterscheidende），相異同時透過這些而處於被聚集的狀態，而非……處於被再現的狀態。[1]

自己無法區分自己，自己以為自己還在跑步機上雖然時間和步伐已經持續增量，望出的

1 〔法〕德勒茲，江薦新、廖芊喬譯，《差異與重複：重複為其自身．何謂系統？》，（新北市：野人文化，2019年10月），頁244。）

遠景依然是復健室玻璃窗外來去不同蹤跡物是人非視野一直被鎖定？雖然二十多年過去了，小明早已成長為可以指導教學醫院見習、甚至實習生們哪裡有什麼道具的老司機了視野卻仍然焦距劃定依舊⁉

心愛的廣末涼子都已經有孩子了，我和其他殘障者們一樣一事無成！「相異」（被）聚集了卻依然是相同的狀態。

（小明記得有一位老師曾經寫過〈被〉），可是那不會是我啊！小明內心小劇場著。

回程的時候，驕陽烈日正在頭頂，總是慣性搭乘另一路繞了好大一圈從高雄火車站轉七賢路進入了鹽埕區再從中正高工冒出二聖路到凱旋路上左轉進入籬仔內瑞隆路上繞了好大一圈進入鹽埕區，傳說中高雄地方最早被開發的市。

（舊）市政府所在。

（曾經在國中，或者高中的時候，錯認為「左營」和四伯父居住的楠梓一樣都是高雄縣。）一路上那些日式仿巴洛克迴廊壁雕花毗連葉的圖樣天使神話人物素白地振翅抖落有年代斑駁的垢舊陽台圓弧赭黃的玻璃窗往外推可見繁複卻無聲的定型奢華，井然有序的規劃雖然偶爾一、兩幢改建的平房樓面卻也不顯得突兀在拆船鐵俱工店的市招林立下過了一條街都是金飾店的新樂街來到崛江市場對面公車停滯第一段路程三山國王廟是折返點。

好多次到此合十，參觀廟簷斗拱金爐的灰瓦紅磚字典旅遊手冊包括文、史科班出身的自己隨時可以取得建築特色的教科書此時卻沒有發現太多不一樣。

改建的，急欲彰顯他們自己的特色；頹圮的，被強解說成這是他們的特色。

似乎，時、空如稿紙定格了公式套詞被填入，可察的「特色」，可以複誦，可以複製。

唄。午晝時分，梵音齊鳴鐘鼓。

街衢上的看板，脫落的漆漬依稀可辨的字型，公車窗外轉瞬如同藝人歌星吟唱周杰倫雙節棍好幾十年之後大家都刻意的假音忽略了聲吟時或是快速或是輕噓帶過了尚未仔細聆聽卻早已深刻地明晰歌詞能指所指術語在日常中小明比方文山更早在句首置「了」依舊被謾罵。

每天書寫的小明於是無法分辨自己。

小明曾經請教過尊敬的學長，不知道出家門外街衢的人生是複印或者早已劃定的循環結構田徑賽長跑終點就是起點。

真的有那個系統？而自己在其中？

小明寫過一篇虛構的文學作品，卻在其中一段填上了好多好多醫、護人員的名姓在一場文學沙龍中，事先早就預演的文學獎評審覺得這一段是多餘的蛇足似乎是用來取信的拙劣手法。不過，小明之所以會寫上這些名字，完全是為了表示謝意。

那些傳佈是否文學？

小明畢業的大學，「傳播」與「新聞」合稱而成為一學院；研究所時代全力專注於經學的小明，曾在網路網路網路上感謝著如今雖然不怎麼樣甚至可以提出請教以及質疑不過當年可是驚為天人的敲門磚在校內書展購得交代清末民初經學研究的書籍其作者，任教的是遙遠不是故鄉也並非原鄉的「文學與新聞學院」！

我一直在問，小明用以研究先秦經典的「敘事學」是否文學？「傳播」是否文學？「序」是否文學？何謂「序」何謂「文學」？大學中文系時代曾專心於「四庫全書總目提要」，進一步深造專注於被勘刻的先秦經典知識話語形成小明在歷史研究所轉換跑道，是否當真有轉換?!

傳播？敘述？新聞？

或者真的是非專業刊物主編所言「假學問」？

我不知道，也不知道小明是否知道……

像是被什麼離去的乩童……沒有讀過沒有錯別字的中譯本《巨靈》，更沒有玩過《叫我君主》的手遊的小明，癱瘓。

佚凡案：初稿於7/23/2021 5:09 AM不用「哲學」可否反問自身?當寫出「準帕金森氏症」為題的作品，被事先早有協議的文學獎評審們表示為賦新詞時……二稿於7/23/2021 10:27 AM修改錯別字；從舊作發現了鍾老師；沒有參加本地文學獎。

（感謝《力量狗臉》第七期收錄本作）

出家

出山的時候，手機的皮套些許稍微蔭影地掩蓋住了攝影的鏡頭自動對焦的同時也運轉了光源不足的夜間攝影功能啟動手電筒從鏡頭映射出萬丈光芒打在皮套映射出總是泛黃赭舊的相片上方。

雨絲，飄零。

在南下的尊龍客運中，反覆地檢視著留影；彷彿命運之神早已預示了這是一趟沒有結果的旅程，一切的述說都是無力可回天。

背光的相片。從桃園中壢到馬祖；在非洲豬瘟成為全民警戒的今天，偷渡的不只是蒜味臘肉，而是自己。

小明自己。

從屏東潮州搭乘區間車到高雄火車站，出站不再是過渡時期所走的那一段長長天橋仿似風景名勝地（沒有連鎖牛肉麵店的偏鄉）天空步道瀏覽名山大川蒼穹視野無盡與萬化冥合氣吞八荒睥睨六合心中默唱著鄧麗君〈情人的關懷〉（……妳曾經告訴我／光陰不再來……）一邊環視鐵線紗窗外高雄市火車站的施工現場。

不再是了，高雄市轄內火車站已經全面地下化了。

日前的新聞是：三年內的台灣搭蓋了八十座彩繪村、十三座天空步道、四座玻璃教堂，尤其內地南投就號稱有五座天空橋。

那些不斷增生的偷渡。

世界盃足球賽和蹴鞠？比薩被偷渡成武大郎的豬肉餡餅？原本在巷弄中的巷弄中的大台北士林夜市偷渡了古人的市坊分離遷徙橫的移植到了廣場集中再縱的繼承為我鉅高雄（比較大）的凱旋夜市後來併入了鳳山青年夜市？

轟隆轟隆的工地聲響隨著日光投射在穿梭如織旅人身軀上溢出了狼狽相疊的身影不斷不斷地無語置焉彷彿始終無法踰矩，這一方水土，以前也有過別人的身影吧？如同無法精準地描繪出旅人的神情，身影所貼附的過往依詐曩昔，也無從知影。而我們正行經其上，所欲抵達，所謂出發。工地之外，巨幅的廣告看板旅館休憩。

（真正被看清楚的是外面？）鄧麗君這首國語吟唱，其實是改編自日本歌曲出於自己心口的〈空港〉。

Airport。

自己的演唱是什麼，情之所至？

> 情動於中，而形於言；言之不足，故嗟歎之；嗟歎之不足，故永歌之；永歌之不足，不知手之舞之、足之蹈之也。

什麼是「履行」？在Google已經成為家常便飯的現在，出處以及目的地早已能夠輕鬆得知，應該被重視的是：如何被擁有。

如何成為現在。

鄧麗君是否偷渡了自己？是否同樣的曲調旋律，可以有不同的歌詞以文字詮釋；不同的喜、怒、悲、傷，卻是同樣的身影足跡？

北上，十年來同樣寄宿於桃園；儘管桃園已經不是桃園了（直轄市）。

無從得知神情的蔭影。

而小明的也貼附其上，小明自己也無從觀察描繪敘述的自己的蔭影，也貼附其上。

將當場的一切時、空貯存於意識腦海中獨自一人對空憑欄的時候再反覆播映省察五體不動坐臥於國道客運尊龍的坐椅上想要努力辨識蔭影下晦暗偷渡的身影神情時提醒自己已經到了台中朝馬站的廣播響起，畫面戛然而止，不被採樣。

有法度知樣。

Linkin Park“Numb”：「I’m tired of being what you want me to be」（記憶中三毛還是陳平的時候，《雨季不再來．惑》試圖以對話梳理自己和珍妮。）要如何翻譯（理解？知曉？體會？移情？解釋？敘述？言說？吟唱？演飾？）「I’ve become so numb／I can’t feel you there」？有沒有主格？是驅之別院或者已經失去了靈媒的體質無從從他人咒語似的字字珠璣或扣人心弦的唱腔念白做工行當身段中感到了所欲所求？

被感知的受詞是誰？誰偷渡了誰？

例如「直轄市」的概念被偷渡了：不知道有幾間牙醫診所的原高雄縣桃源鄉變成了直轄市境內。

隨著年歲的漸長，履及的幅員逐漸擴大，所見、所聞、所傳聞越來越多之後，才知道世界上有數不清的如假包換，例如逢年過節的物價，例如被代言的日常用品影藝明星政治演員。

人生本應逐夢踏實，萬丈高樓平地起，那些華而不實的偷渡，小明不忍卒睹；例如飛機的座位設計偷渡了國道客運尊龍的座椅規劃。

按摩式沙發、座位上方有專屬個人的小夜燈、隱藏式耳機、個人專屬視訊（有院線影片、新聞節目、綜藝歡唱、人身教育、衛星遙控自身宛如智慧型手機Google Map或其他導航系統清楚地知悉自己在哪條道上，以及行車紀錄器的後視鏡功能，知道有什麼車輛打算企圖預謀策劃蹈自己的胎痕所覆之轍），都被航空業者偷渡了。

小明是不說話的見證者，只是寫下，記錄著。

回想當時趕到了烏日，搭乘高鐵，與掌握先進科技知識的售票員馬尾瀏海大姐姐交易；進入候機室的小明這才知道自己的自以為是昧博假博誤把甘藷當蘿蔔的淺薄：從來就不是航空業偷渡了國道客運。

而是高鐵偷渡了國道客運業者，航空業者再偷渡了高鐵；自己的生命成長，見證了歷史的變遷；關於偷渡。

例如F4和小虎隊。

例如唐人街和我們？例如李安《推手》、馬森《夜遊》，誰偷渡誰？

那些不欲（外）人知，而自己也無法得知的。

被偷渡的我們；好萊塢電影《神鬼傳奇》的演員表示本片其實是翻拍《羅密歐與茱麗葉》。

一切都在重演。

一切都有核心。

例如到達台北之後，再搭乘台鐵南下抵達桃園入宿於中壢後火車站的旅館。

十年來都是如此。

（對外的官方宣稱是家境清寒赤貧的自己無法負擔在台北市旅居的開銷。）因為曾經喜歡的人在桃園。

口頭禪是「台灣很小」的小明總確定自己會在轉角遇到愛在路口紅綠燈下偶遇邂逅了曾經魂牽夢縈的女生。

（命運交織的城堡：如果我屬於妳，必定能讓彼此相會；如果我不屬於妳，比鄰也是天涯了。）

把含混曖昧不明的「偷渡」字典化的女生。

（卡爾維諾的看不見是我們自夜闇的酒館離開之後，榮格所表示的共時Synchronicity是background冰山底層潛意識或者柏拉圖的原型或者亞里斯多德的模仿？）關於我們都在神情不明的蔭影上前進重蹈覆轍踐迹。

人行道上。相會。無論如何自以為是地自由放縱。終將被把捉成形。畫家繪出裊裊纏繞上天的炊煙。在天幕。裡面。

天國和人間。

一定能再見。

忘了那是大學的幾年級了。高中的學弟妹在暑假期間北上參加比賽，小明則報名了暑假留校的申請，可以留在原來宿舍的房間但是學校往往不從學生願；男生宿舍整修，申請留校者到了兩棟女生宿舍的其一。

小明眼睜睜地看著自己原來的棲息地被拆牆被瓦解。

誰不見了？

小明的過往？過往的小明？

（而小明的一部分沒有了，小明就不是小明了；即使後來落成的宿舍從水泥地板變成磨石地磁磚空間更加寬敞一切全新彷彿毀滅前的放大版，仍然感到什麼不見了嗎？）

（或者其實沒有，只是為賦新詞強說愁）？

小明住進了女生宿舍，並且把北上求助的學弟妹們都帶了進去寢室。

這只是比較小的男生宿舍而已，真的。

所以，大家的所求所欲所組成，其實都是同一模型？

同一蔭影？

晚餐時間遇到了女孩，小明說出了這樣的狀況，女孩笑著「所以你偷渡了你的學弟妹們？」

不只如此，小明心中想著，沒有說出口的是（這些年小明動心的女孩，幾乎都有妳的樣子；我偷渡了妳，或者，妳偷渡到我裡面了。）：我喜歡妳。

「妳」被定型了（「我」被定型了）？

馬可孛羅向忽必烈敘述那些城市後，讀者的我們必須依這些論述而編繪一幅地圖？

范瑋琪，〈到不了〉。

孫行者和者行孫都在葫蘆裏面。

我到了妳在的桃園，卻始終無法抵達與妳相會的那處地點。

我始終在桃源，雖然後來劉子驥已經無法認出他在的那裏就是《晉書．隱逸列傳》的石困：時間過後的劉子驥，已經無法辨認出自己停步觀望逡巡之處，就是那最初的美好所在了。

兒童相見不相識是因為被同化的自己早已忘了方言。

自己早已被異化了。

小明其實曾和女孩在桃園街上擦肩吧？只是，誰都已經不是留意誰入駐自己領域的誰了，誰已經變成了毫無意義沒有主題的自由行路人甲誰是誰了。

誰永遠都是誰了。

沒有香格里拉，已經被落實（偷渡？）成為麗江了。

清晨四點半，小明坐上計程車往松山機場出發，登上了航班是六點半的飛機，前往馬祖。地形猶如丘陵起伏的舊金山，馬祖的重巒疊嶂視野總是在峰迴路轉後豁然開朗；而且街道上的乾淨整齊或許猶如禁止口香糖的新加坡，馬祖到處都是禁菸的風景景點。

像是？

自給自足的馬祖。後來搭上回台灣的飛機，脫離地球表面的旅途中，透過窗外往下望去，小明在雲端上見到了飛機的如影隨形；當然無法辨認自己是誰。

不知道影子裡面有沒有自己；或者是，無法勾勒指證畛域出影子裡面的自己：被奈良鹿丸的影子束縛術擊倒了。

即將被後人、外人覆蓋、踐迹的影子。

（鄧麗君在人行道上演唱〈我只在乎你〉。）

必須操持著和大家一樣的言語，寫著和大家一樣的文字，表格標準化的身分證才能和大家一樣：證明自己。

師大特殊教育系（所）前主任林寶貴所著之《語言障礙與矯治》在〈第二章　說話、語言與溝通〉表示：人類利用說話思考，並且建立自我意識。

小明開始保留在桃園消費的統一發票，逐一地比對地圖，捨本逐末地組裝零碎的自己，想要確認自己沒有遺漏桃園的任何區町。

雖然變成直轄市的桃園早已地圖改版了。

雖然小明始終沒有與賣火柴的女孩相見。

畫家繪出裊裊炊煙滅入天幕，如實，如實地不見了。

成為影子了。

成為沒有主動權沒有形容無法自主無法辯駁的影子電影《惡靈古堡》的小房間密室中擠滿了逃，生人太多身影在室外被殭屍踩踏。

卻沒有人死掉。

只能像陰影被偷渡到域外，只能不在。

你只能不在。

回程是在高雄火車站機踏車停放中心，取回了自己黃色的小折，搭上前往屏東潮州的區間電聯車。

車上見到了其他以單車旅行的遊客，他們完整的越野自行車，對照自己銅罐的折疊式腳踏車。

這才後知後覺地得知，台鐵已經開放自行車與主人隨行，不再限於折疊式腳踏車了。

望向自己耗盡錢財購買而視若珍寶的黃色折疊式腳踏車，小明苦笑著，彷彿衣不蔽體地在眾人之中濫竽充數，Win me，如鑑如鏡明白地原型自己。
想起了Pink Floyd所演唱的“Comfortable Numb”。

初稿於2/10/2019 2:37 AM不再去報考野柳之外了；女孩終於默認我曾經的暗戀了；飛行還不夠描述，接下來則是「書先於志」；感謝金山高中典試先生們的棒喝；高中的歷史遺跡反而得到讚許？劉仲敬經由八旗文化出版社發行的「諸夏論」之智慧財產權，與台中人正式翻臉。維基文庫《韓詩外傳》寫「邵伯」？完成於2/10/2019 8:05 AM加入奈良的影子束縛術。刪減於2/17/2019 9:59 PM在「南方的風」與〈生活隨筆〉同時發表；刪減了〈成為影子〉的某些片段。五稿於2/19/2019 1:15 PM早上無意提到了逆鱗而與父親大吵；刪除〈成為影子〉，用《惡靈古堡》代替。

（感謝《力量狗臉》第七期收錄本作）

出社會

截句。

冬天不相干的故事之後，傍晚五時許，大雄接收到了雷光夏〈入山〉；身心疲憊兩眼無神而應景地從嘉義高鐵站所在的太保市出發。初春，仍繫著圍巾經過外公、外婆的老家斗南鎮上，來到了遙望，卻不知道能否遙祭在慈光寺、雲德寶塔長眠的兩位老人家的古坑街道上。

不知道自己在孤島上，誠心誠意寫好，拋擲向美麗新世界的瓶中信，能否被有心人接收。在空心磚砌成的人行道上的禱告，是否永遠與外公、外婆無關，而是管轄消息的神祇？你如何努力，從來與瓶中信是否被接收無關；大雄想起了高中的初戀，就算十指緊握了，我們依然不是情侶。

不是漫畫、不是日劇、不是字典上定義的情侶。

車行到了古坑，雷光夏應景地哼出了〈別人的天使〉，稻田畝畝，咖啡樹掛滿了廣告傳單上珍珠紅鮮豔的寶石，枯澀乾瘠的休耕農田上，沒有餘暉的夕陽普照在稻草人轄區內，兩眼無神地佇立守候著，確實地嚇住了盤旋天際的飛禽們，沒有五指地放開手中的回憶；沒有轉向綠色隧道那一頭，沒有往荷苞村前進，沒有抵達自己思念的地方。

沒有讓自己被兒童相見不相識。

沒有自己。

鄉下地方，還不到晚上六點，就陷入了一片黑幕，沒有路人的行蹤，沒有鮮明閃爍、曲折迂迴的遶廊市招。千百年了，這裡不是華燈初上，無法領會元稹所謂「殘燈無焰影幢幢」，卻或許能兩眼無神地知道更久遠年代之前的《楚辭‧遠遊》：「山蕭條而無獸兮，野寂漠其無人」，從開啟的大燈照耀所及的餘光中，只能知道這是收割後的旱田。

沒有人蹤。

沒有潺潺渠道，沒有顫顫穗禾；蔭影彷似從四周披上的布幔，電影播映完畢的時分，舞台逐漸掩沒收攤，場燈卻亮起了所在的觀眾席，對號入座的稻草人們此時才確實地知曉身旁長時間後兩眼無神的形容。行進中的大雄的座車，如銲接的火焰槍剖開陰森的重重鐵幕，向著已知切入。

同居一室，我卻不知道妳。

目的地是已知的嘉義縣阿里山鄉豐山村豐山實驗學校。

（因為人口稀少，所以被冠名作實驗學校的義務教育人們。）

山勢蜿蜒，藤蔓樹枝隨時擦過車頂，甚至可見涓涓細流從山壁淌沿到路中央，失序卻不需要被處理，不是直轄市的這裡。

當地民家在風景區停車場處，開設了一間以國道高速公路休息站為名的「休息站」，沒有華麗的外在名稱、沒有為了表示自己存在的店號，就是收攏眾多兩眼無神旅客的「休息站」；大雄路過，卻突然想到這會不會是祖傳早已開張的產業，然後才在難如蜀道的這裡開闢公有停車場？

我們看到的偷渡？

像是方才路過的綠色隧道上，雖然有明亮的路燈，卻在狹窄道路兩側相互援交的樹蔭之上，毫無意義地值勤著，彷彿巢穴早已進水、敗壞的工蟻，仍然被天性驅策，而來來回回地奔波勞碌，不求回報。

如此比喻「偷渡」是否得當？

路過的時候，大雄突然質疑了自己心中所譜，是否得當？又是誰質疑了自己內心呢？瓶中信被打撈捕捉獲取之後，荒島上的你是否依然如昔〈兩眼無神〉？

沒有應景的雷光夏，只好調動Beyond〈緩慢〉：「**等的太久不想繼續，也不願結束**」，**分開時只管哭**。

（**分開時我走出**）Bass很慢，鼓聲定點地洛下，演奏的節拍彷彿秦始皇連綴串化各個長城，劫掠之後的平靜，才有商業。

交易。

抵達，走出車外，迎面的是剛剛以Line知會自己已經入山的王聰明，還有宜靜。大雄略微地兩眼無神彷似失落似地楞了愣稍微片刻，隨即笑開了，雙手抱團，向前作揖地說了「恭喜、恭喜。」

王聰明與宜靜在日前締結連理，走上紅毯，完成人生大事。

大雄因為工作的關係，無法在當天前來赴宴，先行郵寄了精美的禮品以表祝賀之意；王聰明說著謝謝，「你寄來的禮物，我們收到了，都很感謝。」

都很感謝？

寄去了Pink Floyd《The Piper at the Gates of Dawn》專輯的黑膠唱片，給大學吉他社的拜把死黨王聰明、與高中熱音社的同學宜靜。

（高中初戀情人宜靜。）

你的悲傷是真的嗎？

（大雄不知道自己當時是否雙目炯炯有神。）

大雄想起了與宜靜分手時，面對著宜靜的質疑；大雄現在反而想質問宜靜：（妳的笑容是真的嗎？）嘿嘿嘿，我怎麼感覺恁翁仔某倆兮郎攏置遐奸神笑。

林強〈盒子內的時間〉。（你們兩個被置放在一起了。）滴答滴答滴。有一篇描述與克拉克肯特對抗的恐怖組織和預謀殺害蝙蝠俠的外星人合作、計畫摧毀地球的小說。地球人們全部都搬遷、轉進、逃難到外星球；機場的石英鐘顯示與英國的藩籬鐘響同步，一批批的地球人，有條不紊地被包裹表決，Pink Floyd《The Division Bell‧Poles Apart》。

知道地球即將被攻佔了，人類再也沒有生存的空間了；於是整理了所有的message，作成美麗新世界井然有序的規劃與安排。

（瓶中信被打撈捕捉獲取之後，兩眼依然如昔無神的你是否在荒島上？）

到了目的地的星球之後，再依照在地球上的往日情懷活著：總統依然是總統、警察仍舊是警察、無業遊民繼續無業遊民，一切宛如嶄新的再生。

你的努力打拚，從來不會因為時、空的變移而有所喪失。

依照登機證的劃分、歸類，充滿無限希望，像是瓶中信。

像是瓶中信所寫著的希望：救我離開這個沒有其他人的荒島……

妳真的高興嗎？

大雄雙手握拳、緊張兮兮地問著笑顏逐開的宜靜。在後火車站巷弄中的巷弄中找到了一間唱片行，也找到了Pink Floyd《The Division Bell》專輯的CD，買了下來送給宜靜，把高價位的藩籬警鐘送給宜靜，希望宜靜真的打從心裡高興，而接受了我的賀禮，和我自己；在那Mp3隨身碟尚未流行的年代，CD Player大行其是的歲月，宇多田光為日劇《魔女的條件》創作〈First Love〉的時光。

以前的過往種種，如翻頁的故事書，不斷地在大雄的腦海中複習著，關於曾經的愛戀。

「曾經」是什麼？

依詐曩昔的過往世界有神嗎？

宜靜會不會向王聰明表示自己以前和大雄有過一段情？

宜靜要不要向王聰明表示自己以前和大雄有過一段情？

大雄要不要向王聰明表示自己以前和宜靜有過一段情？有沒有任何像是瓶中信一樣的指示？大雄想起了一則童話（神話？）：護城河包圍的城內，鼠疫失控地氾濫，主教向神祈禱之後，翌日的清晨破曉時分，出現了一位不被記載姓名、形容的吹笛手。一路吹奏出輕快且美妙的音符，仿似年節時候，走動在城內的所有路經，如同平日無所事事的拾荒漢、地痞遊俠兒換穿上了廟宇制定的衣衫，以神轎負載著神像，遶境似地逡巡了城中的所有角落。碩鼠們都跟在吹笛手之後，隨著出城不知所蹤。

像是孤身一人的你，在荒島上投擲了瓶中信（請讓我回到人群中）。

在王聰明夫妻倆的導引下，大雄進入了他們夫妻倆服務的豐山實驗學校教職員宿舍內，王聰明的寢室中。

宜靜的房間在隔壁，王聰明在沒有人發出疑問時補充說明著。沒有提起故事的你們，依然在故事網罟之中筌彀。

滴答滴答滴。

王聰明展示了下個月的計畫：彩繪山上，在大雄尚未發出疑問之前（：你們夫妻倆是在這裡相愛的嗎？）。

一起在，卻是不同的時間；世界與白金之星。

住家、路面、磅礡巨石、虬髯老樹，消防栓和電線桿。

可是，大雄遲疑地說著日前發布、正被沸沸揚揚地討論著的新聞：「三年內的台灣搭蓋了八十座彩繪村、十三座天空步道、四座玻璃教堂，尤其內地南投就號稱有五座天空橋。」

那些不斷增生的偷渡，我們在哪裡？

我們是哪裡？

例如淡水重建街的彩繪，就被嚴詞嘲諷了；例如高雄市火車站旅遊詢問處，制服人員表示「澄清湖就是一堆老人運動的地方。」

我們有那裡？

你是否真的要把這裡偷渡成……花花世界？

王聰明笑了，宜靜幫腔似地說明了，這裡其實是無神的世外桃源，雖然沒有與世隔絕；不過，這是一項居民們都有志一同、願意齊心協力、共同參與的盛大慶典。你知道巴陵鐵塔嗎，大雄尚未回答宜靜的提問，王聰明就接著說了下去，「我在桃園服務的同學表示，他們那裏也是全體總動員，大家都齊心協力地不亦樂乎。」

滴答滴答滴。大雄知道自己雖然和他們共處一室，可是已經沒有和他們夫妻倆使用相同的打卡鐘了，不再爭辯，以自己曾經參與台南善化彩繪村的經歷，而來協助（偷渡？）他們的相關準備動作。

你們要先整理好居民名冊、也要從鄉誌中找到合適的主題，再配合小朋友們記憶中的動漫，才有辦法合宜地展開這次全村彩繪的希望。

那些不斷增生的偷渡。

你有在瓶中信署名嗎？

或者，所有向神祈禱，等待救援的人們都有相同的希望：「回到人群中」？

或者是向天祈禱？或者是卑微地渴求命運？或者是不知所措地求道？

彷彿（溺斃的）落海者，四肢緊緊地糾纏著前來援救的善泳者。

等待救援的你，是否還記得你是誰？

離開了豐山實驗學校，大雄向宜靜夫妻倆告別，而沒有單獨與宜靜對話。儘管宜靜左手輕拂髮稍翩翩，些許顰眉蹙額，潔白的貝齒嚙向了下嘴唇，秋波微轉而嫣然一笑地埋首吐氣如蘭，露出了如同昔日的凝脂秀頸。過往的記憶如同膠捲的電影般一幕一幕過往，大雄試圖檢閱，如同手機中按照筆畫排名的聯絡人項目，大雄想要找出這樣的肢體語言是何意謂。

是風神、雨神、財神、歷史之神、或者太歲、王爺、或者不立文字，只有應許的全知全能無間道神？

（宜靜正在用肢體語言表示出她還有話要說。）

大雄沒有在意自己的確認，語言之外的語言，大雄視而不見地離開了此地。什麼是「離開」？雷光夏〈寫給雨天的歌〉：（**你給的愛好安靜**）。

像是瓶中信，像是立志；彷彿在電影院中對號落座入席，閱覽了一切資訊，才編織出自己的志向：請讓我回到人群中。

不會再和宜靜度過曾經只有兩人的旖旎時光了；儘管兩人都珍藏有相同的一本故事書；如同各地都有相同的神像，卻始終斂目埋首不語，等待許願的信眾們焚香膜拜，鞠躬跪坐地露出凝脂秀頸。

曾經的依許過往曩昔舊時天地裡，有沒有神？

平安健康、幸福順利、發大財作好夢：那些齊聚一堂的偷渡。

車子來到了斗南鎮的大東國小，轉向158甲縣道，來到了六房媽祖在這裡的據點。「六房媽祖」是雲嘉南當地特有的宗教信仰，六房媽祖是不斷遶境巡狩鄉內的有志一同。

不同的地方、不同的年代，卻有著齊一聚焦的信仰。大雄停下了車子，外出點將起一根菸，瞬間火紅的豆苗竄起，在入夜的鄉間分外醒目，照亮了大雄的臉龐。

沒有人看見，宜靜也不會看到。

最終進化少年的你也看不到自己應景的樣子。

星垂平野闊，河道蜿蜒，瞬間開朗；回程美麗新世界的路途上，月明當中，經過古坑荷苞村時，入神地比對宜靜身體密碼的大雄想起了無數回首故國曾經依許曩昔過往泛黃餿水舊時光些許反芻胃食道逆流溢洽酸失神了。

「是」是什麼？

人都是歪斜的（盜題散文）

平常時抑得負責收驚，抑是ti7法會喪葬奠禮現場擔任司儀。

童年在戲班子長大，雖然現在的時、空已經不是梅蘭芳或《霸王別姬》的民國初年或者洪金寶、成龍……七小福，甚至李連杰、甄子丹了。

「人都是歪斜的」。

以為這是賴明珠翻譯本底原來照常e村上春樹《挪威的森林》Google之後卻一無所獲過去完成式地黃鳥止於至善飛走了。

妳曾許願多年甚至這一生都不會寫下本文，卻開始動筆了在COVID-19肺炎疫情於世界橫行e現此時妳猶原質疑在武漢的「愛」雖然。

（軍中樂園831妳今天寫下這樣的文字。）與本文無關。

曾經以雷光夏的吟唱，而探討了「義」有沒有愛。

可不可以有愛？

左營蓮池潭以及被遷徙後的紅毛港村是妳最喜歡漫步的地方後者鄰近小港機場。出獄後，知道監視器隨時都在身後身前身側，依舊騎踏著自行車在夜晚時分停靠在鳳山溪上的橋面遠眺遠離漁村的此地仍像是當年到處林立的寺廟緩緩地點菸瞬息萬千劫一念多少輪迴後才吸菸下班車潮從市區不同地方返內回內，吐出筆直的長長煙霧。

像是奧黛麗赫本主演的《羅馬假期》吧？

（妳被監控著，就會有最後的凝眸以及一生足矣。）紅毛港村又名「新五甲」，但是妳無法感覺任何瑞祥國中時的械鬥（瑞祥國中、五甲國中）、夜市，和專門治療運動傷害跌打損傷到處林立的國術館，沒有黃飛鴻，更沒有霍元甲。

瑞祥國中畢業典禮假中正高工舉行，出動多部警察車；後來警察局選擇在瑞祥國中旁邊設立，我們贏了！

新五甲和新味全龍一樣地一片祥和，不是五甲，是被遷徙的漁村；因此，各種宗教場所到處建立，甚至包括大隱隱於市的基督宗教。

被遷徙的漁村，彷彿基督徒的奧黛麗赫本和人力水手（？）在希臘羅馬義大利相逢，參觀遊歷了各式各樣宮殿廟宇迴廊背景音樂是周杰倫〈威廉古堡〉。

以為造景相彷，人就共款了。

（樣品屋在人煙稀少的當地到處矗立，也成為了另一種我們在動物園內。）

男女衣著言談悉如外人，國語、台語交雜著，妳卻知道妳已經由燃燒冥紙的金爐上方扭曲氤氳散焦幻瞳的空氣被望出搖曳身姿妳不是妳妳不在妳的原地妳在鏡中這次很誠實最美麗的人是妳自己。

（故事由鏡面反映開始進入現實。）

其實妳應該早點show妳的「免役證明」，才不會接受國家（？政府？）那麼多毫無意義的考驗。

妳（曾經）對一位構詞典雅的二八佳麗舊友有著好感，她是二十餘年來少數屈指可數表示妳的分行句子很棒的人之一；其遣詞用字讓大學學歷是中文系的自己完全拜倒在番石榴樹下大啖愛文芒果。

（雖然妳的國族立場如斯鮮明。）漸漸予政府（？）設計好的台詞彀入筌籠炊具蒸騰之中，才猛然意識到不對了。

與女性主義無關，而是澎湖農會的洗面乳和仙人掌。

親愛的，那是愛情。

親愛的，那不是愛情。

親愛的。

不吃不喝了連續數日，終於被家人送到教學醫院急診；很多認識的人在的教學醫院甚至還認出了別的科室的人妳苦笑片刻，妳知道妳又再度陷入所謂傅柯的譫妄了。

「又」是因為妳曾經擔任過一段短時間義務教育的代理國文老師，相當感謝，取得同學們的信任。

（雖然主辦文學活動的地方上「老師」表示不知道「『代理』老師」為何；彷彿我們置身於往來衣著談吐悉如外人的環境時，不知道這裡是桃花源。）

因為要參加以文學幻化為微電影的過時舊有今天的垃圾桶抄襲昨天的垃圾桶主題是「椅子」之活動；妳想起了奧斯卡和平獎得主　劉曉波，以及李白〈靜夜思〉的「床」。

在妳是實驗高中同學們沉浸於音樂、美術、繪畫、體育、昆蟲、文學……的國文老師時，妳把乾淨的垃圾桶當成椅凳、（甚至是可以打擊的樂器有玩過樂團的人就知道鼓手最帥了）；並且在離職後徵求得同學及其家長的同意，各自都戴上臉譜面具口罩鼻罩額頭罩（還有會發光的安全帽），像是奧黛麗赫本，又像是記者，在有標誌「門」的停車場即席快閃演出。

（十八歲了。）

女孩一直敲鼓。

男孩步驟隨之由兩方各自逼近，手持妳從玩具賣場購來的槍枝相互襲擊，也相互監控著。監控。

最後安全帽女孩出現，以動畫《美少女戰士》之姿，華麗地轉身；僵持不下的武器人，停止動作，對峙著。

對峙著。

（離去停車場。）

鼓女孩很疑惑，卻也無所謂，再次打鼓；美少女戰士又隨著呼喚再度出現，這次不再戴有安全帽了。把布匹交給鼓女孩，消失在鏡頭前。

鼓女孩納悶，裝在垃圾桶中（離去停車場）。

成為有垃圾袋的垃圾桶的現場。

兩造臉譜被塑型男，紛紛地棄置自己的武器，從停車場離開。現場只餘拍攝人員、完成戲分的學生、佮家長；抑有鼓女孩一臉茫然不知所措地望著自己的坐凳（？）、垃圾桶（？）（、樂器：鼓）。

妳在執導前早已想到了《莊子・應帝王》的「渾沌」；以及扛著多樣器材，現在倒是忘了從何離去。之後，妳將短片取名為〈十八禁〉而在文化中心進行公開的展出。

公開的。

鼓女孩公開地繼續敲擊像是荊軻後的高漸離，美少女戰士卸下安全帽，丟棄了菜瓜布等日常打臉用具；卻忘了自己包袱似地舀水盆尚未抖落，就優雅地仙女轉身離去留下一片驚愕

導演原本想融合「白水素女」的故事不論哪一朝代哪一版本皆是截然離去，留下現場一片愕然。

和前幾次的作品不同，妳這次喊「Cut卡」讓畫外音進入沒有膠捲的數位相機攝影功能。

高中畢業了，十八歲了，什麼事不能作了。

直到有一天複習妳自己卓作的時候，靈光一閃了妳自己用「十八禁」起名的這部影片搭配分行的句子最後一句述（術）語是「被人生」，想起曾在文學沙龍被誤解，妳不以為意笑笑地當年而此時妳無限地憤怒！

妳原本只是想表示十八歲以後的日子，是柴米油鹽醬醋茶，和思孟國家中種種的仇富

仇官。

妳沒有入伍服役的經驗，妳並不知道其經歷，而且被人們厭惡甚至仇視著。臉譜呢？面具呢？在　余英時先生去世之前，妳拜讀了與其他學者當然也有不同意見的中研院史語所所長黃進興院士關於儒教是宗教的敘述，妳不知所措，連日大雨之後，手持余英時先生《中國近世宗教倫理與商人精神》到左營孔廟，進行悼念。

妳沒有穿上佾舞時的黼黻冕冠七旒玄衣纁裳，就像是妳以為電影中穿上法官、檢察官制服、律師袍的演員戲服（法衣？）就定位就開始靈動起乩起童說方言一樣以仙靈之身談論的不是我們的罪錯而是法理。

另外的語言。

瘟疫肆虐時，曾有記者一直堅持一直一直地發問質成與反對混合施打疫苗的比例各自是多少，陳時中部長不厭其煩地一次又一次地解釋這不是立場問題，而是我們會討論最後達到共識，就算大法官提出不同意書。

妳想起了信任妳的學生們。

急診返家後，狀況依然沒有改善，被帶到四處求神問卜，如同二十餘年前。

最後，又被送去住院了。

因為禁止宗教活動的疫情期間，本來一、兩天的事，變成了足足的在單人房被禁閉八天。後來，因為表現良好一直讀書一直一直一直半夜白晚間九點熄燈後就獨自在浴廁馬桶上歇睏讀冊，得到外出房門的許可，來到醫院護理站的大廳有卡拉OK。

一位白衣長者不斷地隨著歌舞搖擺，很滑稽的畫面卻無法發噱；一位年紀看來比妳稍微稚嫩的男孩點唱王傑〈一場遊戲一場夢〉，在旁的長者跟著起乩起童靈動說方言哼唱了起來身軀搖擺男孩把麥克風交給長者，傳出跳tone離譜比語言障礙的妳還要難以辨識的唱腔卻知道是這首歌曲現場凍結彷似。

長者竟然會吟唱六年九班的妳認為的老歌!?

後來，男孩表示長者一邊唱的時候一邊飲泣；而男孩是因為女友自殺而入院。

妳算什麼！

漫畫《JoJo冒險野郎》：人都是歪斜的，忘記哪首歌曲的正確歌詞：「我們不適合相聚，卻也不願就此認錯」。

佚凡案：初稿於9/1/2021 7:47 AM太久沒趕稿，夜半就自動入眠了（似乎是三、四時？）；因為王菲再度喚起了寫作；試圖納入所有的想像。二稿於9/1/2021 9:24 AM很久沒有趕稿了；接下來要面對宗教的議題了。訂正錯別字於9/1/2021 11:28 AM四稿於1/9/2022 12:10 AM早上出發到了旗山媽祖廟、孔廟、天主堂，回高雄又腳踏車上壽山忠烈祠，祝福家人們健康、平安；又造口業，母親則表示對我百般容忍了；20220107《自由時報》頭條：

「法律專業人員　將合一考試／法、檢、律　先考再分流」，將內文改成「法律學者」。五稿於2/26/2022 3:55 AM修改〈夜來幽夢忽還鄉〉後；為俄烏戰爭祈導；刪除「法律學者」，同樣以其定義的「舊友」替代。

連紙本文學勘誤徵稿也要附和臉書五行文盲！

「幹」。

截句嗆聲完一枚有著各種不同屬性、深遠意涵；甚至內蘊億萬千劫都無法明確把捉的意義，如是我聞之後也無法見知地直譯出所欲所求；有著深遠人生價值大智慧堪比「唵」的明咒之後，一切都不可說，不可說。

空乏。

關於「文學史」的製作：文、學、史；「文學」、史；文、「學史」？

啞啞學語的歷程；例如必須清楚地開口表示百米衝刺之後，想進補的是運動飲料，不能以越喝越渴的紅豆湯替代之。

生津，卻無法止渴，雖然都是冷飲的分類。

妳發覺了事實並非一句成語；或者，一句成語其實也並非事實。

例如「畫龍點睛」，成語的意義和其故事情節無法搭配。

在接受語言復健療程的時候，重新地接觸了《三隻小豬》的故事。

繪本。

有草屋、有木屋，有……石板屋？

妳清楚地在所見到的眼前，發現了自己所居；妳驚訝地以為難道自己是故事中的人物？車禍受傷後，妳復學了；雖然被以為失憶的妳自己明確地記得各個學齡階段的情人的名字與身體密碼。

復學了，二十歲的成年女子，家庭革命之前原本屬意與妳同居的母親如同護送幼稚園舊生到國小就讀一樣，隨侍在側，陪伴妳到了大學。

（妳明確地將此行為與妳所認知的幼稚園生活相類，儘管他人都說妳失憶了。）彷彿廟會祭典時節，眾鑼鼓喧囂隊護送廟宇的神像遶境四方巡狩八面雲集，最後最後回到原出發地，就位，就位，開始說故事。

就位，開始說故事。

妳清楚記得高三的時候，模擬考前夕，妳翹課前往東港的同學家中拜訪，參加當地盛行許久的王船祭典。

妳清楚地知悉在觀光客大量湧進的今日，其實可以置換成「慶典」。

妳和當地的民俗藝陣同一步調頻率，燃放鞭炮，隨手撒放金紙，揚天金黃混著炮屑紛紛地被妳們拋擲而上，從天而降。

彼時尚未被閃靈樂團替代。

（佔滿視界）後來妳看到了動畫《攻殼機動隊二——無垢》，神聖彷似妳認知中的梵音唄喃唱誦法咒顫起六千元新台幣整購買的音箱彼時囚居於淡水一個月租金一千元的鴿籠土地產權爭議的公寓小雨過後，空氣與窗外的蓮霧樹葉微微顫動著裊裊捻熄仍微熨的香菸泛起漣漪斜暉脈脈，撇過頭去遠方籃球場上正有著零落的陌生人打著太極。

妳參加過校內的國術社太極組，所以妳知道他們身體的律動是什麼；雖然因為車禍受傷的緣故，妳其實連最基本的五禽戲都無法完成。

中斷。無法。完成。像是從未發生。

不曾存在。神像被安靈後，被托夢的總統候選人守護媽祖金身抵達異域。雖然媽祖不是現眾生相的佛，雖然那是沒有耶和華偶像的異域。

妳卻能記得。

動畫出現了環場的鏡頭直視：遠眺時莊嚴肅穆的屋瓦鍍金、金碧輝煌的琉璃瓦、朱紅色的窗欄，白皙如處子肌膚的壁堵有著如初潮來時漸漸暈開蔓延無限擴張稀薄的悄然泛黃赭鏽不可見而欲掙脫飛升的肅靜。

（梵喃）依序地見到了廊牆、檻牆、檐牆，隱約彷彿稍縱即逝的扇面牆在妳尚未確認自己之時世界如以秒計費的手機歘颶離去，隔斷牆、山牆然後又帶往另一側。

視角踅過了一側。妳未能及時分辨妳被困拘的所在是土埆牆、傅說的版築牆，或是斗砌磚牆、亂石砌牆。

石板條牆、木竹牆。

斑斕紅橙黃綠藍靛紫各色的牌樓面，鯉魚、象、螭虎的櫃台腳，麒麟、花草的裙堵，如皮帶環伺的腰堵，頂堵、水車堵過了是山牆。

過了有泥塑、交趾陶和剪黏的山花懸魚，就到了墀頭。

神獸欲撲。

朱雀、青龍、玄武、鉤陳、螣蛇、白虎栩栩如生環視，彷彿進香是神聖的儀式毫無鐘鼓喧囂人潮推擠；如燕振翅的屋脊，有南鯤鯓代天府妳後來去作民間文學田野調查為之顫慄的小脊，也有一眼就可以辨認的孔廟大脊。順著不是妳的視線，與另一側正脊銜接的垂脊是被箍頭的馬背，金木水火土上路了細薄又帶有紋路，噭噭待哺的仰板瓦，卻枕著闊嘴吃四方的筒瓦，讓妳不知如何描述自己所視。

（所是，所在。）無法替代。

妳直視畫面卻環視逡巡妳的記憶妳的認知杜、樑、枋，疊斗式構架橫出的樑拱，脊檁、三架檁、五架檁、七架檁、大通、二通、三通依序撐起一片天。如側坐淺笑帶媚含苞欲放的女神反手枕畔，坐斗、小斗、栱、頭巾、束仔、束隨、束尾、看隨、通隨就出檐了：垂花、豎材、壽樑大楣，承擔的步通、員光和承接分擔的斗拱，就是四面迴廊的檐廊步口了。

所以，直到覷見了金飾繁複刻鑿的瓦當、導引半圓倒三角的滴水，妳才確認了如巍峨宮殿廟宇的屋頂，有硬山頂、懸山頂、歇山頂、捲棚頂、六角尖攢頂，神荼和鬱壘的出神（入神？）玫瑰瞳鈴寫輪眼直視、雀替托木欲乘風歸去，所見（所有？）開展了檐柱、漆紅鑲黃的金柱、支撐脊檁的中柱，山柱和樑枋之上的黝暗沉靜的童柱，入目的雙龍蟠柱直擊劃開妳的視域、被重擊搏扶搖而殞的妳如碧玉Bjork的深亢高音突降宛囀的畫眉輕啼籠內自由地歌唱見到了抱鼓與門枕二石的座落確認自己是天上神話被囚禁的神靈十二星座降生於地，目睹了圓形、方形、八角形的石珠，和虎視眈眈的石獅。

（不隊吧！妳是百獸之王怎麼可以進入豹彪扯虎皮的行列中！）

不是問號，或者，沒有問號。

步上了台階，走在御路石上，越過了散水螭首，就來到了紅磚鋪面：十字縫、套八方、拐子紋、席紋、人字紋、丁字紋，各種砌法妳踐迹於上，每一步伐踏出都是不同的妳，不同的塑形，不同的意義被賦予天命孔子說知命孟子倡立命。

妳踽踽獨行，步履蹣跚。

被中華人民共和國替代成《攻殼機動隊2——無垢》。

還沒有看到神像，妳卻早就憂慮不知道自己是否扮演駱以軍筆下的陳雪，那些出巡的神明在祈拜著神明。

妳是誰，妳必須是誰。

妳記得。

母親說妳雖然性情拗嬌，可是不會說謊；從此妳就在母親述說的助教雪莉學姐和同學和室友和系教官和導師們面前如此作為，坦誠彷彿漢代舉薦特優被眾人期待薦舉入公堂的孝廉。

找到了自己，尋回了自己。

妳的年少時光因此妳自以為定型，必須如此。

發現石版屋的時候。語言復健師讓妳閱讀重溫童話繪本「三隻小豬」的故事，語言治療室內妳正襟危坐於馬尾瀏海顧盼生姿，溫柔可人的語言復健師身旁，面對著橫臥的巨型鏡子；在復健師闔上書本之後，妳緩緩地道出了故事內容有三隻小豬，復健師問他們的名字呢，妳隨即地回答出來依照繪本故事，下一頁就是進入森林各自砌茨了。

復健師問喔，那麼豬小弟建造了什麼房子呢！

不是問號，也沒有問號。

不對啊！這和故事不一樣啊！接下來應該是在森林中躲避過了各種猛獸的侵襲，然後來到小溪潺湲的廣闊平原草地上！

可是妳必須回答每人，妳必須向美麗的語言復健師報告，儘管妳沒有寫下錯別字。

妳遲疑了些許，如畫龍點睛地回答出了與故事不同的語言：豬小弟建造了石板屋。語言復健老師接續而云：「喔！什麼是石板屋呢！」

沒有問號，或者，不是問號。

（石板屋和我家可不可以替代？）

這和故事不一樣，接下來應該要回溯（複習）豬大哥的茅草屋舍，因為大野狼來了；然後是豬二哥的檜木別墅，最後因為外力的侵襲，三兄弟團結在一起。這樣才是原本的故事，妳謹守著每一步驟程序條理分明，妳不明白為什麼每人都要打斷、混淆、前後錯置妳的故事。

妳的故事：什麼是妳的家？

部落裡的石板屋在哪裡？

疑問被妳不確定地帶著來到了歷史學系研究所求學沒有母親跟著這一次，妳已經有故事了，被錯置的故事。

妳的所學是面對零散的斷簡殘篇，仔細梳理，將之串連成完整的故事；讓故事不是原本語言的樣子，可以合理串接有頭有尾的故事。

合理的故事。

時值中華人民共和國正欲修纂正史《清史》（《清書》？），妳的課堂高舉「正史編纂」為大纛，以之為教學大綱。妳不斷地串連各個可能發展脈絡四面八方延伸而成的章節，妳在整齊故事。

請Google「正統論」，執政當道必然保有前朝（前代）政府檔案文件的論述權；亦即可以修史、立史之際，就擁有了前代（前朝）檔案文件的詮釋權。

前朝（前代）政府的檔案文件，必然由執政當道所藏。

所以，何謂「中國」，其實一直是妳關注的焦點所在。妳始終知道故事與所述並不相同，維基百科「古史辨派」條有云，其曰「顧頡剛在論戰之後心態極其糟糕，出現了精神崩潰的徵兆，甚至多次提及自殺」；完成論文的前夕，妳與指導教授分道揚鑣。

畢業了，返家蝸居的日子，母親依舊表示妳不會說謊（雖然拗嬌，因此發生了幾次家暴）；於是，不會說謊的妳不見容於社會，被強制送醫。

出院之後，妳更確定故事不是文字、語言所敘述的樣子。妳發現了台灣的某出版社，發行了中華人民共和國廣西師範大學出版社的一本著作，其章節設計與妳的研究如出一轍，妳的指導教授也在廣西師範大學出版社發行許多研究。

這是誰的？

在指導教授的命題下，妳以「斷」代史《漢書》為本，在中共國家清史委員坐鎮的歷史研究所中，成為了中華民國台灣建國超過百年以來至今首位也唯一一位學位論文直指《左傳》的歷史研究生。

取得畢業證書後，舊疾復發，住院治療。（《禮記・經解》有云，其曰：「『春秋』之失：亂。」）

妳的指導教授與北京大學同步在中國哲學書電子計畫中，把圖書館所藏（明）陳建，《學蔀通辨》內文以及所提及的書名，「辨」字的出現被竄改截句成取消言論自由的「莫辯」；妳的指導教授甚至在《道學與儒林》迴向　錢賓四先生的單篇論文含混其辭地略過了陳（水扁）建，以藏書的顧憲成代之；雖然毫無學術修養的妳對此一課題沒有任何所知，應當噤聲；但是至少通過口考評鑑的妳確實無法忍受看到這樣的註釋：

顧憲成《學蔀通辨》〈序〉（台北：廣文書局，一九七一年四月）[2]。

（高師大國文系碩士論文《王陽明對孟子心學的繼承與發展》的參考文獻明明是：〔明〕陳建，《學蔀通辨》，台北：廣文書局，一九七一年四月。）

誰是誰的？

石板屋是誰的？

（廣西有「南寧」市，台南文學也有。）

「斷」代史、截句、中華人民共和國、蔣、章孝慈、東吳大學、錢穆故居、中影文化城（古蹟？）、文化大學、佛光大學、台北教育大學師資為班底的台灣分行句子學季刊社；蘇紹連發表在《聯合報》關於「混搭語言」的文論，通篇沒有提及「中文」。

妳不知所以然，妳在開放、有各種可能的網路世界寫下妳的困惑；卻被批評為炫學不尊重讀者。妳越發著急妳急忙解釋一切卻越是炫學讀者根本不知道不關心不被妳尊重。

妳於是沒有真誠地面對生命。日前學者因台灣分行句子學所推展的運動，發表台灣新詩學史符合「歷史的必然」之單篇論文，所引用的文學史家對「文體」的觀感全部全部全部都是中共官員（雖然有幾位大學者啦！）

---

2 李紀祥，〈理學世界中的「歷史」與「存在」〉《道學與儒林》，（臺北市：唐山，2004），頁334。

妳不知所以，於是，妳又家暴了，妳又被強制送醫了。
雖然，真實的故事總是和文字語言所傳述的不同。
妳或許可以確定清史中的台灣郎，是如何的粗鄙無文。
合理的故事。
親近勞苦大眾？

平交道外

（求救文）（瓶中信）（無人理會）（我嗎？）

男孩在平交道外站著。

世界如果有「正義」，未遂犯雖然不知道或者是預備犯，平交道的欄杆落下前騎乘銅罐自行車的男孩在動作將會被攝影成一幅釘掛在牆壁上泛黃的過去式相片畫面以現在式凍結永恆的一瞬潘朵拉連忙緊閉盒子毫秒之際眾人撬開石板黑氣化作千百萬道金光大家目瞪口呆的須臾彈指剎那霎時轉瞬間無量劫後，沒有人知道任何一念。

（徐自強案後？被上升到大法官釋憲之後？是否我如何辯解都毫無意義了？）悲慘世界。

沒有人知道接下來，怎麼了。

就算是精衛投石大海，也能在海風拂徐藍天白雲日正當中一眨眼間知道了波濤漣漪水幕泛起陣陣波紋，卻沒有人知道平交道前的男孩。

沒有人知道。

之後怎麼了可以判。斷那個世界時拋錨空綁定對價怎麼分析了出相片之外的音符對位少女的祈禱清潔車垃圾不落地社區所有的政策人們定時定點集合，和三十六天罡七十二地煞的外放天下不同，潘朵拉禁錮了「希望」，演義成為保留了世人最後的價值。

演義成為。被拋棄的。不被提起。如魔咒般。

（聽書人不願承認自己有過。）

被禁錮，被賦予天下蒼生，故事書的「義」被說書人圈定，然後天下萬民蒼生都複誦著被拷貝複製的「義」與「事」，識字率本來就超級低廉的「中國」如此了千百年。

相信說書人而誰是潘朵拉？

此處的「中國」，完全視之為一種文化與學術上的概念：《漢書・五行志第七下之下》有言，其曰：

> 嚴公七年「四月辛卯夜，恆星不見，夜中星殞如雨」董仲舒、劉向以為常星二十八宿者，人君之象也；眾星，萬民之類也。列宿不見，象諸侯微也；眾星殞墜，民失其所也。夜中者，為中國也。不及地而復，象齊桓起而救存之也。鄉亡桓公，星遂至地，中國其良絕矣。

想像一下星殞如雨的實況，天火，如妳曾經困惑的《詩》經〈大雅・蕩之什・召旻〉：「旻天疾威，天篤降喪。瘨我饑饉，民卒流亡。我居圉卒荒。」當天我鉅高雄如今天，下午兩、三點就開始狂暴風雨至晚上七點餘分還是依然，妳以為現時如同古代，從「『流』亡」聯想到《尚書・武成》的「血流漂杵」，畫面出現不是蔡依林的布拉格廣場，而是王陽明的老闆所吟唱的〈雨聲街〉。

大雨滂沱。蔡詩蕓。

倫敦，戶外，彷彿當年不具教師證地到馬祖的學校應徵國文老師，雖然前一天有接到勸退的電話……依然前往，前往松山機場。

搭乘飛機。確切地見到了外面的停機坪在候機室內。

那是外面。時間到了妳到了外面要去外面。起飛飛機的時候還沒有耳鳴建築物逐漸遠離突然一剎那的迷惘不知所措。

想哭。卻沒有嘔吐。

（妳孕吐的時候有流淚嗎？）可是此時妳淚流滿面卻沒有噁心腹肚腸胃洶湧。沒有經驗妳不知道妳怎麼了向日劇求救：妳是廣末涼子。

心痛，《夏之雪》（妳是柴崎幸，妳什麼都聽不到，《橙色歲月Orange Days》）小提琴韋瓦第四季，妳聽不到。六月四日，眾分行句子人齊聲合唱：「我們不知道我們沒有看到」。妳作嘔，妳沒有吐。

前一天，妳正氣凜然地在電話中告訴對方難道我尚未前去面試就要裁退我了嗎！不是問號，也沒有問號。

然後又搭機回到台灣回到停機上了坪落土為安人停為大看見候機艙知道妳在外面妳回到了外面沒有耳鳴卻又身、心、靈作嘔。

〈所謂伊人〉

演員
體會開膛手傑克沒有
的心靈演員
體會沒有開膛手傑克
的心靈演員體
會開膛手傑克

事後妳在雨聲街敦倫的巷內
露天咖啡廳
是不可以點菸的觀光景點空污

（園外）拾荒者
也和大家一樣都在這裡撿挾
和外面一樣不用門票有

身

遠地自偏
戀慕的人在伊甸園內拚命地催吐

可能懷孕
也可能想聰明地懷孕：請去外面
（不用門票的外面
一樣的外）面可以點菸的外面

一樣
想沒有智慧地懷孕

（沒有）

初稿於10/13/2020 11:04 PM早上去了鎮南宮觀賞連佾舞都沒有的釋奠大典，昨天還反覆考慮；廟宇石碑畫像；印刷費用寄來了。二稿於10/20/2020 10:33 PM門票後加入「有」；骨科醫生表示復健到十二月；臉書表示「籬仔內」不是「內籬仔」離她家不遠；時間宗教彼世三世藏書信仰考古考據考掘。

走出機場外，妳想起了《漢書・藝文志》所謂的「造字之本」還沒有後來《說文解字》的「形聲」，「⿰金堇」的甲骨文從缺，只有從意識中的金文到小篆發現「⿰金堇」。所以，在「⿰金堇」之前的文字，其實是沒有形聲的「堇」；而甲骨文的「堇」從火部。從外面（停機坪）來到了外面，機場外面。點菸，妳想起了噁心作嘔姿態實際上什麼也沒有發生的剛才在飛機艙內往窗外看到雲層在下方有影子飛機的影子卻沒有妳的影子在飛機外面雲朵的外面。

外面。

妳沒有；裡面，妳噁心作嘔姿態卻沒有叶出來任何真言像是國片《父後七日》當天當時當地妳羽扇綸巾，談笑自若。

然後，到了外面，才放聲大哭卻不像孕叶當時噁心作嘔。

妳不是。

有一部分的妳不見了。

饑饉，不是雨澇成災。

妳是假的。無人理會。（妳早就被歸類）（如洪太尉放出的諸豪傑）

（最後死於被朝廷收編）〈大雅・生民之什・假樂〉。

妳爬梳之，雖然《詩・大雅・生民之什・生民》和《周禮》有〈牧師〉不可能讓妳連結基督宗教一樣地多次提到「上帝」，不是腦殘沒有白爛的妳直接忽略，想到了詩中提及「率由舊章」回到妳在火車車廂內看到那位騎乘自行車的男孩。

妳率由舊章地判斷外面應該亮起了紅燈，妳知道男孩為何會停止就算是妳的手機沒有照相功能那些已經不用底片呼喚的變異時空：不是相片卻一切止息妳率由舊章地可以判斷出一切那個時空背景妳們聚集於此的原因不是大陳島居民徬徨地上船沒有目的地妳們所有人都在既定的道上眼前不是相片妳卻可以作出完美的解析彷彿在飛機上妳沒有懷孕只是乾嘔。

妳必須哭。

妳知道自己必須哭，才能像是〈假樂〉述及的「率由群匹」，忘記了哪位曾經從事官方新聞事業的人寫下的分行句子「原本一切都井井有條……」

那是不可能的。

由《尚書》反推《詩》經的妳，沒有孕吐卻悄然落淚，事後卻悄然落淚。原來，自己被歸類了，被喊著反社會反分類的分行句子人們歸類了；妳想起了就讀中文系的大學時代，同學們彼此抽菸打屁的時候對教育體系的「國文系」輕視的時代那些查字典或Google就可以有證書的非專業人士們。

沒有教師證的妳被視為非專業人士現在了。

沒有證件，蓋子找不到適合的鍋忘了陳珊妮或者夏宇，妳成了非專業人士。

在外面。無人理會。

或者，哪裡才是外面？

妳被歸類。妳悄然落淚。妳卻沒有嘔吐心碎。

（那個不是我！）哪裡是外面？

外面是哪裡？關於「非專業」，鄉前輩表示自己曾和另一位鄉前輩打過筆戰；妳笑了笑表示自己就讀（某後段放牛班私立大學）中文系文藝創作組：我們從不把討論文學時的不同意見叫作「筆戰」。

鄉前輩（認為妳太驕傲了，）表示自己就讀澳洲大學外文系。

雖然妳看不懂這一句話，不知道如何成語接龍。

不知道自己有沒有在外面。

妳是中華民國建國超過百年以來至今，首位也唯一一位被指導教授指定學位論文直指《左傳》的歷史研究生；雖然在研二的單篇論文發表會上，向列席的眾位前輩、師長提出如此困惑，卻沒有被理會。

歷來（歷史上）所有《左傳》學者始終與主張「大一統」的《公羊傳》知識份子各居對立面。

被賦予的妳，彷彿是多餘的人，彷彿確實地在外面。

妳以成文出版社在台彙編、整理而成的廿五史為底本而完成論文（白話文是以台灣為主體，無論統、獨）。當不成國文老師的妳深深地記得義務教育年代，國文老師表示以台語誦讀古詩詞，方能知道古韻。

小魚兒不再逆游而上地下山了，到了外面；卻依舊是那些人、事。

（人啊！）

在思孟學派的國家被歸類。雖然那不是妳。沒有成雙成對成匹。

經過層層專業檢查、把關而和家中一位成員一樣也領有殘障手冊（第七類，神經肌肉骨骼之移動相關構造及其功能）白話文就是肢障不是智障的妳在想，他們率由的舊章，是否以台北教育大學師資為班底的台灣詩學季刊社推行的「截句」運動所致，雖然妳一直發問卻沒有人可以回答包括各大「文學」雜誌先後地推行non-fiction企劃妳。找不到答案也沒有人回答。

竟然沒有任何一位讀書人出生（沒有錯字，也不是錯字）。

沒有辦法契合。無人理會。反正只要有稿費（？）

這個世界。作亂的，不是在外面作嘔姿態，卻沒有吐真言的妳。

被澳洲大學外文系畢業的鄉前輩說思想邏輯有問題的妳。

沒有懷孕，卻一直深喉嚨絕技，想要清空體內。
（讓穢物都在外面）雖然不知道哪裡是外面，也不知道外面是哪裡。
家居彰化的妳想起和友達以上戀人未滿的男孩分手時，戒菸多年的男孩走入了便利商店
購買了小包細長的米黃白大衛。
忘了買打火機，男孩歉然地撓了撓頭說聲抱歉再進入便利商店。
（始終沒有點菸）男孩說是否因為我腦殘？
妳不是相片，身言書盼卻早已被歸類。
判（不是，因為我們都是人。）始終沒有說出口的偶像劇台詞。
平交道外。用歌聲揮手。車廂內的妳是賽蓮，向男孩。
我是金銀島肩膀上有會說話鸚鵡的獨腿海盜，說故事的中年大叔。
截句個屁！

佚凡案：初稿6/27/2021 2:41 AM〈所謂伊人〉超過兩期未用了；又（也？）主動和高雄作家脫離臉友關係；拜讀陳黎老師〈吠月之犬〉，原本想寫「狗吠火車」和「社區」，以及從「序」談「在」與「有」，；反省張大春《小說稗類．有序不亂乎？》，和余英時先生（不是余秋雨）一直表示　錢賓四所謂「『中國』沒有『哲學』」。大雨滂沱，和臉書結識

的友人疏離。二稿於6/27/2021 12:21 PM訂正錯別字；加入了伸冤求救和「家居彰化」以後。三稿於6/27/2021 4:43 PM訂正頁一「街道」錯別字，卻早已送禮發放了……四稿於6/29/2021 10:38 PM臉書挑明了法律，和被某學長嫁禍。

舞女

小中風後的陳盈潔，在台語歌唱節目中演唱著陳百潭詞曲創作的〈毛毛雨〉婉轉顧盼流眄犁首半遮面的欲語還休和無法升key的低喃徘徊惡靈古堡電影之後所有逃難的演員們在被殭屍追逐亟欲流竄到另外時、空的求救呼喊成了不疾不徐。

（例如家慈總說先外公到天上作仙了。）

「仙」。

閱讀余英時先生不知道幾版第四刷發行的《東漢生死觀》，其以海外研究「中國學」的漢學家身分行文，引述了班固《漢書》而謂：「**神仙者，所以保性命之真，而遊求於其外者也……**」

保性命，而求其外。

像極了邱妙津《鱷魚手記・第六手記》：

鱷魚有一個最奇怪的習性。鱷魚只有在穿上人裝時，才敢看著我說話，在地下室時它大都沒穿人裝，所以每當它要跟我說話時，它就對著攝影機V8的鏡頭說，我若要看鱷魚的表情，就對著攝影機的觀景窗，看累了必須閃到一個布幕後面說話，這是應鱷魚的要求隔開的。

這是應鱷魚的要求隔開的。

隔開。

妳想起了大部分的類屍速列車電影，都重複著軍警片例如化學武器溢漏外洩時，搬運的隊友隔著門扉上的透明小孔絕望地與緊閉門戶而對望的同伴，身穿全副武裝的化學防護衣而慢慢地慢慢地鏡頭遠離。

（妳一直想著重金購買的防護衣到底是為了什麼！）

不是問號，也沒有問號，另一時、空的隊友和尚未被標記的隊友，三角戰術彷彿公牛隊稱霸時期喬登皮朋妳不用回頭審視周遭就知道小明會填補上妳不在的位置隊伍繼續向觀眾席推演。

繼續向觀眾席推演。

如同小中風後的陳盈潔，沒有演唱母親一直提起的〈舞女〉。

緩慢的歌喉低沉繚繞在沈文程與曾心梅的伴唱中，沒有被期待，節目依然繼續播映看到了陳盈潔露出了少女嬌羞如裂帛切面還帶有絲縷萬千欲拒還迎的瞅目。

（除了買衣服地攤貨殺價和打麻將時。）

時間彷彿同步：隊友離妳而去。（有人代替妳在行伍中的位置。）

一切依然桃李不言下自成蹊，在行動前早已規劃好的逃生路線上這是B方案朝著觀眾席前進。

飛雁，天空，人形。

妳於是就回想起了日前凌晨一時近二時許，仲夏夜下樓打算開啟冰箱暢飲雪碧時看到了母親在大廳竊笑著觀賞重播的韓劇。

如同逃難的電影情節，妳早掐指盤算出之後的畫面是閉目擁吻女主角與男配角。

（唯一失算的是預定好的接應科白身段演出是長達十五分鐘後的對視凝盼。）

年過七旬的老母親。

笑著，彷彿陷入回憶雖然年少時母親絕對沒有觀賞過這部韓劇那麼是哪一時空呢？

妳回頭審視書中所謂，妳若有所疑，妳依照面對著雪碧就會自動垂涎三尺小鹿亂撞望眼欲穿的天生習性判斷此引文或許是出自於《漢書・藝文志》，妳翻閱了宏業書局以王先謙《漢書補注》為底本，而佐以校讎的北宋景祐本（商務印書館的百衲本）、明末毛氏汲古閣本、清乾隆武英殿本、同治金陵書局本而完成的《漢書》，找到了〈藝文志〉的這一段；不同的是，其書作「神『僊』者」，很像班固的前一位不是班彪的作者：史「遷」。

徙移到另一時空。

書案上剛好有段玉裁注許慎的《說文解字注》，查到了一切經音義解（？）同樣發音的「僊」：表示此乃「入山長生，即仙字」，乃是隸變後的字型，也就是成仙。

到了山上，不同的時空，遠離人世的災難，就是「成僊」之謂。

妳淚眼欲滴，這是日本電影《楢山節考》嗎？或者日前的新聞有傢伙餵食母象炸藥，母象默默地遠離同伴走到河中迸地死掉。

（台語的「出殯」發音為「出山」。）

或者認真地梳理一切而不是仙家術法呢喃咒語就能發財人事一切平安的學有專精者，卻被嫌惡表示「這離我太遠」。

人們只想不勞而獲？

或者如觀眾席上，見證救助隊員有人罹難？（沒關係，會有人替補而上。）？見人落難。然後捐錢，讓自己成為不在隊伍行列中的蝙蝠俠維持正義。

為善不欲人知的蝙蝠俠，已經標籤化成為臉譜面具之一了。

（妳繼續翻動書冊，見到了〈藝文志〉還有另外的敘述：「兵家者，蓋出古『司馬』之職……」）傳世的臉譜，妳想到了以此揭開故事序曲的偉大漫畫《JoJo冒險野郎》。

另外的身分。

在痞子蔡《第一次的親密接觸》尚未造成轟動妳也沒有從《中國時報》得知其介紹之前，以網路發展戀情的故事早已被妳熟知。

那其實可以如同妳的國中歲月，進行郵購，妳還記得暗戀的那位陽光少年訂購了馬蓋先的瑞士刀，儘管如今妳觀賞電視播映的第二代馬蓋先影集完全與那位同學毫無任何相像，妳依然能在影片播放的第一時間默背出陽光少年的生日血型星座儘管這時代的妳可以換算紫微斗數的命盤推演，妳依舊沒有進行。

一切彷彿早已成為時間凍結的被喚起面對著觀眾席上的妳。交錯時空的愛戀。

字典和故事書。之間在文學史與文學概論妳掙扎有一段時間，想找到楊照文學的原像。可以先行後製的年代，在數位相機開始流行。

後來妳整理妳有自信的武俠小說，後來妳閱讀了村上春樹《挪威的森林》、《世界末日與冷酷異境》，妳發覺其實這世界上一切的故事都是不同時空的交織；彷彿企業號太空船降落某星球生化人「百科」遇到了自己的原型。

書、寫。

（年逾七旬的家父對先祖母的台語稱呼是「啊母ㄚㄇㄜ」）故鄉是鴨母王朱一貴所在的高雄內門的妳意外地失驚是妳總以台語「媽媽」稱呼令堂，鄉音竟然如此輕易就被取代了？

眨眼，對望。誰不是誰。了。

產房外踱步不知所措的父親未完成式。

或者未來式？第二次戀愛的情人與初戀情人的不同僅是倒過來再倒過去背如流的生日星座八字而已。

妳困惑於網路戀情。幸好世界上還有嗜賭（沒有責任感、拋家棄子、卑躬屈膝、前恭後倨、胡作非為）成性而且社會歷練不足像是個剛畢業的大學生楞頭青反對統治者沙皇的杜斯妥也夫斯基寫的《卡拉馬佐夫兄弟們》反其道而行。

就像是有一年，妳陪伴著想要寫出真正生命體驗的文藝青年前男友關掉智慧型手機的上網和定位功能，偽裝成三天三天三天呦沒有洗澡的遊民浪跡在凌晨時分還在巷弄間不是廣場上的收攤士林夜市中，點火、抽菸、捻熄，丟到垃圾桶中。

舊情人應該作出的劇本動作是搬弄垃圾桶，找出妳丟棄的胭脂沒有錯別字地點火、吸取；可是，意外的是，垃圾桶內有很多許多超多菸支。

尾隨身後的妳看著前男友愣在原地，在地上整齊排列著那些長短不一的焦臭，一支一支地逐漸拾起放在鼻端嗅聞、放至口中吸取，逐一地淘汰排除不是妳的芬芳，最後找到了而此時的打火機彷彿遊民們冗而不當的存在，無論如何點火，焦熄的菸支都無法復燃，儘管前男友一臉幸福地品嘗。

妳離開，分手，進行下一場戀曲至今儘管知道，演習如同作戰這是確實難得的生命經歷，依然渴望愛情。

或者說是渴望從愛情中找到對的人。

可以點菸的人。

如同中風後，沒有吟唱〈舞女〉的陳盈潔。

Beyond〈緩慢〉，人活了四十年不如一齣《暗戀・桃花・源》觀眾席。

「貓頭鷹」的台語「孤皇」（「箍黃」？）是ko-hon或者ko-eng？妳想起了台語「會計」之謂，那些因字典而完成校準的發音，妳驚覺我們真實發生的故事來自於被製作的故事書!?）

（暫厝與茨。）

還有觀賞重播韓劇的母親。

初稿於7/11/2020 10:56 PM感謝某報副刊刊登拙作〈於是〉。悲傷的是，紀念彰化女孩的該文，在桃園女孩的生日被發表，而我卻自始至終第二次沒有想起桃園女孩；以及女孩在臉書上曾經寫下的困惑；感謝《力量狗臉》曾刊載個人對「僫」的考索，如今個人將之推演至兵家。二稿於7/12/2020 1:40 AM加入文學史與文學概論的那一段。二稿於4/30/2021 2:08 AM將「網購」改回「郵購」；某些情似，請必須確認我只是臨摹的虛構。

等待一個新的意志附身

大部分的時候，總是攬鏡自梳，覺得一切行當都就緒已經原地stand by妝飾妥芭比包括行囊隨身的配件雖然會遇上什麼人例如今天早上晨間新聞播台北信義區有女子當街被潑灑一桶穢物新聞畫面捕捉到的是受害者矇矓身影光影綽綽浮翩盡是魅影的城國背後靈路人甲也不被明喻如同消失的犯人彷彿

在君父的城邦

（我們以為一件事，至少有兩個人）

成為被串聯的因果

故事和導向：儲君

「儲君」是一件事嗎？

或者，何謂「一」？尼采因為對查拉圖斯特拉翕相，而被誤認為是達爾文主義者感到痛苦，那不是「進步」的世界、不是亦步亦趨、不是據亂世升平世太平世的任意拼湊銅罐仔車輪胎可以是方向盤二八六、四八六、Pentium第五元素然後我們在前一晚作出未知但是預定的未來明天早上歡迎「六」翼天使：

（不要解除一個人的恐懼和不幸，不要掃除一個人的危險情緒（這是亞里斯多德對它的誤解）而是遠超越不幸和恐懼，要做為對「變化」本身的永恆喜悅——那個含有對破壞之喜悅的喜悅）尼采著，劉崎譯：《瞧！這個人‧悲劇的誕生》，（台北市：志文，二〇〇一年元月），頁一〇二）

妳計畫自己，雖然沒有翻開時裝雜誌散放在梳妝桌上梳妝鏡沒能準確反映出內頁世界也有梳妝鏡也沒有反映妳的世界。

下雨天地下泥濘積水機油漾溢出虹彩不是天邊彩彩虹高懸的
妳並沒有預料到潑灑穢物的不見人影會出現，妳無法描摹
妳無法描摹歹徒，也無法描摹妳
完成化妝塗完最後一妊蜜桃水澤粉紅唇影慣性地咬住下嘴唇，撥冗瀏海，妳外出
離開妳的房間到另外的象限，或者
其實是置身於時裝雜誌內頁梳妝鏡無法映出的世界依然而已
行人交織穿梭，沒有人知道自己被誰模仿
也沒有人知道自己模仿誰
在什麼攝影棚面對綻露好色的員外的淫笑歹徒說嘿嘿嘿不要怕我只是要問最近的最好的
牛肉麵店在哪裡而已呦嘿嘿嘿妳曾經感到害怕

妳曾經感到害怕
並且舉頭望明月之後四處察探三百六十度迴旋頭野茂英雄加強版單郎不可能身軀隨著妳的意識蠕動
想要什麼綜藝節確認當下是目或者
實際採訪的電視新聞記者和網紅們做出一樣的科白行當
小姐妳好請問沒有逗號
也不是逗號

夏宇，《夏宇詩集Salsa・太初有字》：

……

5

我們是被這些字所發生的嗎
此事如果又指向另一些事——
我們暱稱的萬物萬事
有時候我贊成用我崇拜的睡眠代表憐憫

「我們」的發生一切如此水到渠成，「**原來所有情節／仔細回想／都是種呼喚**」劉若英和張艾嘉的合唱，十餘年前妳早就知道：

我們的發生？

而且驚恐，在獲得學位畢業證書之後，妳知道接續司馬遷的第二本正史，改變了史遷所創的體裁那個人事俱足、合情合理、連環相扣的史體：《漢書》改「書」體為「志」、改「本紀」為「紀」、「列傳」為「傳」，沒有「世迦」

錯置，家

妳讀過《語言障礙與矯治・說話、語言與溝通》

（妳曾經在每天都會自律的讀書報告中，粗心錯誤地鍵打成「說話：與言語溝通」，然後依序地寫出妳的所見、所聞、所傳聞

把妳的一天下來，知道的、與不知道的，都化成文字敘述那些方塊字型彷彿被女媧吹氣的土偶活靈活現，上演著繁花錦簇鞠躬進退人事糾葛；每日不只三省吾身的妳自己詳細梳理所有事件的脈絡妳知道聰明機智因時制宜就是奸詐狡猾忘恩負義的前男友林培訓，妳謹記所有的條理，變成知識話語進步的原動力

聰明機智因時制宜

一切的美好都是為了世界；

為了世界 切必須美好

寫著寫著妳省略了「人事」，單純以「事」而言「志」

：我要和「大樹」一樣高
「大樹」在妳之前被完成，「高」也在妳之前被完成
妳不是攻殼機動隊，卻面臨了相似的不知如何以對
（有效的說話有助於人際關係的建立或取得想要的地位與物質。**人類利用說話思考，接受與表達訊息，並建立自我意識，利用說話命令或限制自己本身。**）林寶貴，《語言障礙與矯治・說話、語言與溝通》，（台北市：五南，二〇一七三月），頁二一。
不是靈魂被覆製，而是任何事件都被歸類建檔有了整齊劃一的輸送管道被完成事，沒有妳（**此事如果又指向另一些事**）

3

那些字
其實它們早就先到
又不著痕跡地回來
讓人領它們前去

夏宇如此地寫著彷似妳在國道高速公路上
所見所聞所傳聞
妳的所知與其他人相同；出現了妳被模仿甚至妳被監視監禁的錯覺
豢養
例如字典
或者教科書雖然妳從未因為相同步驟的食譜而月光光心慌慌括號
例如，妳未曾服兵役
卻感受到近似的緊繃
不同的是，卻使用了公定的度量衡
而且刻度·致
例舉如下

初草於現在是我不是註9/20/2020 3:55 PM中途小寐片刻；完成〈配給米〉；youtube上找不到劉若英〈梔子花〉。題目截句自夏宇〈太初有字〉。二稿於9/20/2020 5:57 PM訂正白字。

妳熟練妳手上的眉筆胭脂腮紅唇蜜所有的工具
不管在什麼情況下不管身處什麼事中妳都保有妳自己的
不管什麼事
不知道什麼事正在形成裡面有自己
不知道會被置入什麼象限

2

也曾用書寫的虛無引誘過你
那些鬼影幢幢的字五千年
掀不完一層又一層轉世的靈魂
來到筆尖
等待一個新的意志附身

被覆製的降靈會
妳知道其實自己被囑咐站上輸送帶地球儀
到手術房無影燈下妳摘下眼鏡的時候無法分辨自己的唇蜜今天事是
高雄重工業空汙粉紅或者宜蘭雪隧塞車桃橙見不到自己晃動和浮貼的輕薄

在夢中低頭看見這是雷光夏
妳以為自己來到了酆都
都是死人離妳未及闔上的時裝雜誌仿冒妝飾的世界很遠了
妳不是這裡原來的妳
就那些事了無關乎能否繼續
無關乎能否繼續
〈你不覺得她很適合早上嗎〉
砲彈在黎巴嫩落下抱歉我不是張懸更不是徐佳瑩
跑錯攝影棚了妳要演示的巫言
這時候要救誰呢千百年輪迴妳早已到了酆都
沒有人有影子
沒有人有影子
妳無法分辨等待救贖的是誰
妳知道要離開這裡必須完成魔女宅急便愛的呼喚順便像是學院早已流行不知道是伍季先
生先在《乾坤》詩刊展示的陳黎老師的腹語術及夏宇
這一世
妳喊破喉嚨也無法分辨誰是必須等待救贖的高塔公主

妳於是對每一個人輕聲問道
還可以嗎哎呀讀聖人書這不是我寫的句子

（故事中斷插入）：夏宇〈抽象〉

⋯⋯

這是高難度我不夠高作不到⋯⋯
本來想討論班固批評史遷「先黃老而後六經」，
以正經衛道人士自許；
《文心雕龍・辨騷》卻表示班固的經學是「鑒而弗精，玩而未核者」

經文，或者經義？
我和每個人一樣，其實只是在討論世界
沒有討論到人
沒有看到人的影子
妳被禁錮、妳被監視，卻不被知道
甚至還被反對派如法炮製
離題了⋯⋯

《文心雕龍》的這裡，卻從「事」回到了「人事」

「詩言志」本來就是很繁複困難的課題

更必須完成經、史是否可以過渡，

並非直接從章學誠「六經皆史」所觸及者

統治者如何是統治者？也誦法堯、舜的墨家，如何確定「尚同」？尚、上的通假似乎不是如此輕易論定

「史文」是如何的姿態？禮、法之間的承繼又是如何？拜讀張漢良先生於《創世紀》詩刊196期刊登之〈柏拉圖《克拉提婁斯》篇的名實之辨與現代符號詩學涵義（下）〉；礙於學陋，筆者無法確認是否能以荀子的大共名、小共名而論，卻在張氏表示蘇格拉底轉述「靈魂」有「更新」與「抓住自然」二義時，陷入了茫然

為什麼我們要把「發現」自己的影子隨著日夕的低垂於是延長進入他者言談領域而害臊羞慚者的驚鴻一瞥表示為沒有主體的後現代？

我到過鄰近的地方

並且不斷考古、不斷考據我出現的可能

文學史不是草率的歸類

和低級趣味的模仿

夏宇〈寫給別人〉：

我們變成了自己的陌生人
為了有人以為
他們已經把我們看穿

我是智障，我在學你們
發現我的時候沒有影子的你們
而且柏拉圖真的有理想國
沒有律法，沒有文字
沒有文學
沒有影子
一個他者、外人、腦殘
范瑋琪〈可不可以不勇敢〉
在被發現不勇敢的時候，勇敢地示弱

（感謝《力量狗臉》收錄本作）

主體

出了山洞之後逐漸降低尖銳的摩擦回音在進入太麻里車站之前，火車重文地響起了汽笛聲雖然工業革命是千百年前的陳年舊事，小明依然在上文寫下「『汽』笛」在東部幹線全面電子化的此時。

卮言。

自屏東枋寮站發車，台鐵推行復古的「普快列車」觀光號直達台東火車站，山海沿途開展進程是與沉眠的記憶呼應關鍵字是身外之物，小明曾經置身、而深藏在小明腦海之中。

來自我威震天下鉅高雄的小明無須從比較小的大台北到宜蘭欣賞沒有夕陽的海景，經過武德殿、英國領事館、林道乾寶劍劈劃（明明是劍，為何動詞的部首都是「刀」？）的打狗縫出海口高雄港就能來到旗津更美麗故事沿地每個人都在踐迹，見證美麗；卻在此時轉瞬即逝中確認了什麼是「捲起千堆雪」，火車噗噗，山洞。

不見。

下次再見到的時候，浪濤早已退去，醞釀下一井山洞過往即逝須臾間小明想起內地的人們如何寫作；寫作是否「已知」？

包括小明當時如何通曉〈赤壁賦〉：我竟然能理解我不知道的！

火車噗噗。

山洞，豁然開朗的是坐落在山坳與山坳之間的平坦盆地，坐落的是灰瓦紅磚米白色的牆堵，幾幢有煙囪的屋舍在翠綠的草地上日照和煦，光陰荏苒的轉換沒有刺目，羊腸小徑與阡陌。

白浪與黃沙。

沒有音樂，噪音此起彼落地迴盪著，卻安靜地知道自己在回憶自己如何知影「捲起千堆雪」。

如何能合情合理地知樣？

手持智慧型手機的小明苦笑片刻，到了國家圖書館調閱自己居家浪跡天涯的紀錄，也無法得知自己當時如何知道「知道」。

當時的自己身佇夢中？宛如每天就寢熄燈之後，故事都順理成章地推演自己（祕密地）背著伴侶，與舊情人在吃到飽的火鍋店以無限供應的甜（筒敘舊往日情如此）蜜蜜而且沒有寫錯字。

（小明沿途不斷地用智慧型手機翕相，在臉書打卡。）證明自己。

乍醒偏過頭去，室內一片黝暗，沒有在梳妝鏡上見到慌張的自己。

或是，惆悵的自己？

小明其實很想模仿朱天心的〈古都〉，情節始自天際線從車內向上望去平行忽而交錯忽而歪斜（物理學的術語）完成一篇消失在視際末的華麗：把當時沒有遵循劇本舞台指示的自己，變成按部就班的自己。

因為、所以能夠合理描述的自己。

讓現在的自己進來、錯落凌亂的人事古蹟就定位雅頌各得其所，讓自己變成偉人傳奇國與課本。

（沒有錯別字）不出軌。

可是，我知道我何時學會「捲起千堆雪」；卻不知道自己當時如何能夠知道。小明面對著可以向上搡開的普快列車的車窗苦笑著外口。

苦笑著外面。

自己目睹的霎時即逝，成了搜尋引擎關鍵字，讓自己可以合情合理自己；在美國流行感冒大爆發，多人死亡的此時；雖然已經有了疫苗、雖然病情早已被告知，無力可回天的是死亡人數仍在增加著？

為什麼？

〈赤壁賦〉的教室之所在我已經確切地知曉了當時習得，也確切地得知了當時暗戀的女孩返家動線一切大局掌握可以讓「故事」合情合理可是為什麼我無法知道當時自己如何知道！

（下雨天留客天天留我我不留和尚端湯上塔塔滑湯灑湯燙塔山前的李瘸子用茄子向山後有四十四隻石獅子……）而且沒有錯字。

沒有音樂，沒有嘶咧。

綠皮赭鏽的普快列車，車廂內天花板老舊吊扇毛玻璃燈管，火車行進間，置身山洞內也是陰風徐徐。此時此地的小明不明白，為何以前還要安裝這些吊扇；天命如此陰險，人事再如何俱備，死傷依舊。

何謂死傷？

小明曾在網路上見到報導提起一串郎名（SARS殉職人員）之後有言「這些名字你可能一個都不會記得」是啊，人生本底就是如此山洞，何必汲汲營營於可以被合情合理的……往昔呢？

（小明沿途不斷地用智慧型手機照相、打卡。）向別人證明自己。

被外在召喚而至的往昔。學生時代，迷信「許願菸」，未成年的自己從檳榔西施小玉手中接過未開封的菸盒，拿出零錢與小玉肌膚相親之後，開封的第一根含在口中的菸支，上下倒反地置入盒中，抽取出第二根雪白膚如凝脂，入口、點火，菸草與紙頁焚燃之後，才緩緩地吸入第一口。

會抽菸的人都有成為發射核彈權能國防部長的潛力，皆知點菸與吸菸的時間點之落差，那一段轉瞬之間，很多山洞。

死人是不會說話的。

不會說話的是死人。

進入陳屍間，然後就能合情合理地敘述其死因；「死因」變成了合情合理：北京人至今依然不知道山頂洞人在六四公頃的廣場得到肺炎死去；北京人至今依然無法明白山頂洞人就算考古挖掘出了金箍棒，為何會對族人因為肺炎死亡而傷痛恐懼。

網址沒有ｔｗ的繁體中文網站，宣示了科學家已經成功考古到諾亞方舟和二里頭遺址，證明了古人的智慧。

雖然我們無法明白。

直到最後正常的胭脂都沒有錯別字地消失了，才綻露原本面目：倒插的許願菸；雖然小明莫法度明白菸齡近二十五年的自己一心一意堅持到底的願望為何總無法實現。

結繩記事

不要
忘記妳悄然離去的背影
了誰
境內之信徒們默默地
朝聖：一處妳偶然想起的劇場

四周都是觀眾席期待
臨時警察（演出）八佾舞於庭

忘記
了妳離去誰悄然不要的
背影

寫著：思往事，（述來者）我們如何在藏寶圖上失蹤
（必經之路）脫隊的人在原地立下了一碑警告路示：
你迷路了，你回不去了，所以你在邊界一直寫著歡迎光臨來到：天下

恭喜你也臨時迷路了
（我說不完永遠可以活下去的故事）時光機
了終幕（請永遠不要忘記妳現在漠然之表情）

背影
了妳忘記誰不要悄然的排雲掌偽裝成警察
離去

家書（我思，故妳在）烽煙四起地天下
了各地護衛著漸漸只屬於我們的守護神
可是我依然身在邊疆，收不到妳最新傳來的
君令：在外；將有所不聽最完美的沙盤推演

離去
了誰不要妳悄然忘記的背影投射
再被砌好的矗立牆垣another brick in the w
分行的all

（小明沿途不斷地用智慧型手機照相，與臉書打卡。）
讓別人確認自己，各種文體的許願。

在學院的時候被禁止，離開教室簡稱出社會也被禁止；後來後來很後來，文學獎的評審稱讚其他人如此的寫法創意十足，值得鼓勵。

小明可以合情合理往昔的自己，卻不知道為何當時沒有見過浪濤拍岸的自己可以明白「捲起千堆雪」和〈赤壁賦〉的遼闊與惆悵。

以前的自己是合情合理的，所以，是假的，只能托嚎嘯於悲風。

像是很喜歡寫廢話與本文主旨無關為難讀者驕傲炫學沒有自己的生命只會引文宣稱重病不過從未表示自己是彌賽亞的小明每篇極短篇小說都會重複地寫上我國首都大比較小台北火車站已經近三十年沒有殘障洗手間了遑論轉運站。

火車緩緩地進入了有殘障洗手間的台東火車站，小明其實一邊使用手機拍照、上網打卡，一邊也使用行動電源補充電力，所以其實一切如常如初如沒有拍照沒有打卡沒有來到台東。

如常如初如沒有，如恩愛時暱稱「奴嬌」的（前）女友，昨天致電宣告分手。

小明可以合情合理地敘述這段戀情，卻始終無法理解為何會沒有。

（有「沒有」，我是龐統？）小明想著。

初稿於1/23/2020 11:54

電子郵件的故事

英文不好的下場就是無法明辨「n」以及「h」，自以為是地在e-mail電子郵件時代寄信給暗戀的女孩。

沒有回信，沒有被回信。

沒有回音（精衛還可以看到濺起的水濤波瀾漣漪泛扯春風拂過廣末涼子美麗的眼尾皺紋。）

一直寫一直一直一直。思念變成沒有，傾訴變成沒有；可是不知道不確定不曉得沒有，於是積非成是，以為自己被女孩視而不見斷絕往來沒有垃圾袋的垃圾桶：承載許多未分類的遺棄。

不明所以的遺棄。

雨後青草地的香氣，微煦日曬。

還是。

電子郵件的故事還包括動手號稱十五萬字的小說大學最後一年延畢時，獨自抱著一堆心理科學、精神分析學、哲學史與特殊教育的教科書，到校內公開的二十四小時K書中心使用公用電腦Word不知道第幾代寫著號稱十五萬字的小說，一直一直一直。

到了一段落，郵寄到自己的電子信箱當成雲端的硬碟，明天繼續。

讀取自己，繼續寫作。

繼續嚴謹結構，被直轄市文學論壇沙龍變成名媛出席的慈善拍賣會場老師（？）旗下的東華大學華文創作所學生以為是亂七八糟隨手拼貼胡亂塗鴉總是失智的文體。

總是失智。

總是被以為失智，總是被誤判者歸為失智；在學術論文的世界亦然，關於被標籤化。

被加諸沒有，成為不是。

（車禍後。）自以為還是。

成為剛接觸網路遠離塵囂，獨自蝸居於心靈的原鄉，像是無政府主義的修行賢者或是運籌帷幄指點江山醉臥美人膝的帝王將相，一直到反抗的義民（？）入侵到宮殿了這才意識到什麼是「沒有」。

被鄙夷輕視的過往古人。

寫作，文學，記錄，敘述。

自己的人生還。（自以為）是。

像是在電子郵件瀏覽了好多封和暗戀的女孩的通信，之後撳按鍵盤一字一字地敲出自己的以為和思念的回信動作：之前妳提到了什麼……

想要精確地引文女孩的遣詞用字，滑鼠點了網頁上的「前一頁」圖示，確切地得知以後突然發現網頁的「下一頁」圖示黯然失色：

無法回到未來。

方才的未來。

或者「沒有辦法」回到自己的字字珠璣；想念變成了子虛烏有，脫離紙寫的「草稿」年代之後，一片空白，自己無法喚回剛剛的自己。

不論維根斯坦或維高斯基，不論史遷或化性起偽的《荀子》，試圖以文字語言擘劃，說故事其實是建立某些可以依循的牆垣，自己亦步亦趨不至於無所依持。

思念的人是那位女孩，那位女孩成為了自己的思念。

成為還是。

成為自己黝暗的迷宮定時定點供應餐食衣物懸崖緊貼山壁搗起了耳朵見到峭峻險拔亂石欲崩和激湧的潮汐澎湃自己沒有路標曠野的呼喚也沒有用因為自己的文字被沒有了。

回到上一頁，自己就被沒有了；自己被標籤了；要我們讀書求知的中、老年人卻始終不願承認自己無法背誦百科全書只能自以為是地截句新聞節目數十年華荏苒光陰比兒童更模仿電視哈×族劃去火柴一根一了根一根還自以為在「每日一字」的新聞局時代。

（玻璃窗上，感恩節大餐，女孩笑了。）

火柴用罄只剩盒了歷史的真相買櫝還珠我們。

曾經有過一個年代，回到前一頁之後，就無法回到剛剛。

目錄以為還是。

被告知、被檢索。

曾經在無法回到剛剛的年代，希望自己有輕易被認知的保護外衣色，希望在思孟學派的國度被渲染；後來後來很後來，才想起曾在香港籍師長開立的「中國形神哲學」課堂上，有獎徵答地接過了孫詒讓《墨子閒詁》，卻始終忘記了悲絲秋染的墨子噓歎，悵然。

行為心理學派之後是認知心理科學。曾經以為這世界和歷史一樣本然必然當然，卻忘了防風打火機早已十分普遍的現在依然有人用火柴點菸斗。

三十餘年沒有再臨九族文化村參觀原住民石板屋的現在，人們依然能認知豬大哥用茅草搭蓋房屋的寓言故事，於是可以想到那裡不可能有燭火不可能有油燈不可能承受颱風……

我可以寫出這些文字暢談這些理念為何你們這一族群要如此團結不假思索地依循索賄的文學獎評審而紅綠燈市招樣品屋駕駛執照考場地標籤我：還是一無所知。

（可是，成為標籤不是曾經是妳的想望嗎？）

同名專輯

（徐懷鈺）飛起來了

未遂都市模型以前
（模仿）書中讀到別人透過窗外的感受
單位量詞玻璃和蔡依林不同預備

（可是沒有人說謊）通關室等待停機坪接駁車窗／外
來去自如曾經試圖在降臨後
緩緩地徒步逗留於裡面停機坪或者外面雲海視線

入口在哪裡？

影子裡面
我在影子裡面（可是沒有被察覺）萬華人與人的連結
天龍人有讀漫畫和報紙
知道國文課本以前的藏鏡人是一元
復始。耳鳴的時候嚼口香糖
緩慢地穿破雲層

來不及見到影子沒有我的影
子沒有我們
The lost key的影子Lost the key
等太久不想繼續也不願結束

光折射玻璃

窗內。沒有踰矩地預備
（一元復始）。國小畢業旅行
在中影文化城迷路：向妳的原型請教哪裡通向出口未遂
希臘羅馬神話迷宮怪獸麵包屑
寂寞的戀人啊莫文蔚
（慣性地模型以前）沒有雲海沒有牆壁沒有可見的
地面一度有光卻沒有影子

從此一直找

一直在影子裡面找售票亭那裏會是什麼？

（忘我地找）回溯出口入口緊急逃生口俱

品共構空白：

miss（沒有人可以翻譯妳的原型：）right[3]

草於6/1/2021 8:43 PM完成「標題敘事」；念恩寫《老子》與《墨子》：他律即自律？Beyond〈緩慢〉；台語老歌〈小雨〉：「甘講思念的意義就是分離的開始」。

妳曾經如此地埋怨著，除了先秦的巫、卜、史、祝，妳知道中古宋代廢除了太卜署卻依舊流行的巫覡文化，妳也瀏瞥覽過覷妳這個年代的暢銷漫畫《鋼之煉金術師》；受過四則運

[3] 筆者案：感謝《中華日報・副刊》收錄〈同名專輯〉）神啊為什麼還是只停留一瞬？十字軍的最基本不就是要先反省懺悔認罪嗎？如果一切都是真的的旨意。

算三角函數學科訓練的妳早從武俠小說和布袋戲而不是人類學得知「道可道，非常道；名可名，非常名」：巫、醫的互換。

赫胥黎《美麗新世界》科學昌明的來世，仍崇拜大神（福特）。

語言障礙的妳，一直遵從指示，不斷不斷不斷地寫著沒想到脫離學生生活之後，舊事仍然重演或者始終被活在裡面。

藍圖沙盤樂高推演積木成森冷的工地還是藍圖沙盤樂高推演竣工藍圖。

「《左傳》功臣」杜預〈春秋序〉有言，其曰：「……**韓子所見蓋周之舊典：『禮』，經也**。」妳曾經與韓國籍的室友一同參觀以小劇場聞名的牯嶺街，當時當場有政治人物經過；也曾經在孔廟釋奠大典國際學術論文發表會外，與笑容可掬的政治人物擦肩而過。

（妳曾經以為妳被錯認了。）中華民國建國超過百年以來，首位也唯一一位被疑似基督宗教信仰的指導教授指定在佛教學園完成直指《左傳》學位論文的歷史研究生，在武漢肺炎（新冠肺炎？）流行的當下，不知道要以何名詞指涉自己所是的此一時空這不是偶像劇而是妳每說一句都不對，都被歸類。

錯誤而且敵意地歸類成藍圖前一頁。

《左傳・襄公十六年》提到了「歌詩必類」，杜預及孔穎達都提及此乃「古詩」；知道《漢書・藝文志》表示孔子「純取『周』詩」、《史記・十二諸侯年表》有云孔子「西觀『周』室」而「次『春秋』」的妳，不確定此處的「古」所指為何；雖然知道亞里斯多德

《詩學》指向模仿，讀過另外根據古希臘文翻譯作《創作學》中譯本的妳卻在醫院接受復健訓練多年：妳的言行都被寄望能夠與常人一樣：被大眾化地標籤、塑型、歸類。

妳被標籤、塑型、歸類：還是。

輕易地被認知，被常人知悉。

「素王」是後來人們對孔子的尊稱離開學院十餘年的妳如今重複地想著孔子是否有成立理想國的願望且流落民間而民間成為。

雖然《史記・五帝本紀》有著黃帝「合符釜山」之言，語言障礙的妳真的不是上文提起的韓子。

（其實更想說抱歉，關於註記自己在文章裡面，配合時間點。）

（覺醒的自己，不是李維史陀卻金銀島海盜似地介入妳。）

（沒有再 次問話、再一次回答。）

沒有在中影文化城向妳的原型道歉道謝，像是來到了異鄉依然行走於斑馬線的拘謹錯寫出的自己是多餘的沒有在這裡日後。

（文學必然虛構作品work。）妳的分行句子罕被讚許。

不斷地後悔否定被作者框架的妳自己。

以《漢書》而不是史遷「太史公」（後來被整理成書的《史記》）為底本，在中共國家清史委員坐鎮的研究所完成學位論文的妳，真的被指點、糾正、提供妳必須多精進、閱讀、大學就拜師學藝的指導教授，光源寺計畫美少女養成地以為是魯魚豕亥各自通假的白爛智障！

妳不知道妳是特例，或者世界本來就是如此：回到上一頁，「剛剛」就不見了錯簡謁入的羨文沒有預期地轉彎在異域成為井然有序的快篩排隊人潮瘟疫時正文。

（等待被出城。）

後來，好幾年前，與女孩相約。

從中壢後火車站附近的旅館出發，見到了便利商店前方的地下道，髣髴若有光。便捨船，從口入。初極狹，纔通人。復行數十步，豁然開朗。土地平曠，屋舍儼然。有良田美池桑竹之屬。阡陌交通，鷄犬相聞。其中往來種作，男女衣著，悉如外人，來到了中壢火車站前；禮拜天的上午，一群移民外勞相約火車站前廣場，彷彿作禮拜或彌撒似地彼此誦唸有辭，幾句之後就齊聲大呼「哈利路亞」。

悉如外人。

沒有出城的妳與女孩相見，相互傾訴這些年的相思。就像是（盜版）網路小說一樣的頁面，有各種指令和目錄，上一頁章節的故事內容指令可以不必是網頁的「前一頁」指令圖示，和原來是別本單行的《左傳》一樣，不必依附於底本鋪成的網頁；甚至脫離螢幕視窗，用鍵盤的左、右鍵也能操控之。

上一頁，而妳在台灣的此一年代也脫離了電子郵件來到了臉書和Line。不再頻繁地依賴電子郵件，不再回到了上一頁就沒有剛才。

悉如外人。妳的言行舉止。妳不斷地自律模仿。悉如外人。

（被無聲地歸類。）確認自己是多餘的人。

寫作、記錄、敘述、文學。

自律。妳尊敬卻似乎因為莫名原因而不同立場的鄉前輩，曾以武藝最精進的周伯通類比妳；知道言外之意而不想爭辯的妳在新十字藍圖看守所外笑了笑沒有贖門票券。

不想爭辯。（沒有來自彰化的女孩了。）

於是被歸類的妳重複在瘟疫期間表示著：歷史上所有治《左傳》者，皆與「大一統」主張的《公羊傳》學者居對立面；而且妳的論文以成文出版社在台灣整理、發行的「廿五史」為本出發（白話文就是以台灣為主體）。妳曾經糾舉過任教於中文研究所的法律、政治學者的論文（箚記？），人們卻說看不懂妳的行文，因此而歸類、型塑、標籤妳：（腦殘的智障）。

人們把「不懂」進行歸類（：腦殘的智障白爛）。

「歌詩必類」，眾聲喧嘩的瘟疫期間，妳想起了古人嚮往的「古」時；和虛情假意設下陷阱套籠的指導教授。

自己悉如外人，一無是處。

妳不知道妳是預備犯或未遂犯，就苟且地過一生吧：這是個手機上網的Google Map時代，沒有問路的行人，只有掃描身分證、健保卡長寬不一條碼檢視妳的底牌的警察。

妳一直以為自己還是曾經自許的《周禮・行人》，分行地交換祕密。
曾經把小說賞析方法「編碼」，用來創作小說的妳。
（不知道更古，或者亙古。）我不愛妳不是以前早已了曾經。
台北一頁，p2046。

初稿於6/2/2021 1:48 AM長久的日子之後，終於動筆完成一篇依然如此了。二稿於6/2/2021 1:58 AM乾脆把宗教性質都寫明白了。三稿於6/2/2021 2:37 AM行人。四稿於6/2/2021 6:27 PM分析了網友所謂朱學恆提起「五代後蜀」與 錢賓四、 梁任公，夢魘依舊或者即將落幕可以被抽換辭面為期待嗎？補綴不知道是哪裡；周杰倫〈晴天〉；還是。五稿於6/3/2021 9:19 AM加入了「新十字」、「看守所」、「門票」；關於實踐，下令的是？昔日的學生問起了《老子》與《墨子》，於是反省何謂「自律」（本文終結）。六稿於6/3/2021 9:42 PM沒有加入「李心潔見鬼」。七稿於1/8/2022 7:51 AM讓人確知不是智障只是肢障；下個月要作心理測驗（智力測驗？測謊？）。

傢俱

夏日正熱的上午時分，十點左右拿掉了括弧式的耳機從沒有鍵盤的智慧型手機剝離的時候沒有預料到此時動筆時空的穿越是當年清鳥在淡江大學圖書館側通往水源街校後的草門地上松鼠穿越妳和舊情人停下相擁不知如何允諾永遠。

（準備前往台北火車站旁台北轉的運站二十年前搭乘客運抵達宜蘭礁溪公共廁所分別是在地下室與樓梯間的當年如今我國首都不知道是否還有殘障人士？）

穿越，手機還有鍵盤用藍芽當分時享一位女歌手的吟唱。

穿越。

彼時沒有預料到現在會錄下這一段往事關於歷史，關於故事。

關於浴室。

語言障礙不只包括構音功能失常的妳，曾經擔任義務教育的國文老師，在課堂上教導以後再也沒有姑射神人的〈洛神賦〉：「珥瑤」是一種玉飾。

沉吟於美人踟躕之幽蘭芳藹的妳沒有發現學生困惑的眼神，講台上廣末涼子從相片皮夾內的妳掏出分享給眾人就是這樣，重複了一次，就是這樣。

這才意識到了「浴室」和「玉飾」的不同穿越。

以及置身。

在哪裡。可以上網沒有鍵盤的智慧型手機年代回到撳按沒有台語入聲字的國語注音在Google Map搜尋「家具賣場」炙熱的街道上，半個小時步行之遠。

妳要買椅子。

日前妳在淋浴的時候，或許是沐浴乳塗抹太多了，沒有站穩而踉蹌了一下沒有跌倒沒有橫身地面而是立足彷彿尪仔冊《JoJo冒險野郎》暢銷數十年全世界漫畫家荒木飛呂彥所繪斜立的姿勢。

可以調整回來了，在沒有鍵盤的智慧型年代。

嚴重車禍，不只平衡神經壞損了，語言功能也永遠永遠永遠無法如初高中演辯社社長的初：儘管熟門熟路知道哪裡有青紅燈哪裡有郵筒哪裡有早頓店哪裡有基督教堂Gas行踅斡第一條巷內妳的家的初不過妳無法敘述初。

或者說是，妳沒有發覺妳的敘述初不對雖然妳沒有不對。

浴室。

車禍後、出院初年，父母親緊張到處添購止滑的拖鞋室內磁磚防滑還有鐵桿扶手階梯都有如澄清湖蔣公行館止滑條止滑磚妳依舊在芙蓉出浴後，瓊琚瑜珥玲瓏作響跌了一跤弄倒流理台上所有鍋碗瓢盆穿越初。

穿越初。

穿越到妳不知道但是妳一直抽噎不斷地玉容寂寞淚闌干的還有妳的家人。

還有鍵盤的手機，還沒有智慧，還沒有舊情人。

其實語言障礙的妳無法向家人解釋，平常的時候不喜歡穿上止滑的拖鞋，那多了一層……不安（？）妳書讀不夠濟，找不到合初的名詞。

（名詞，不是形容詞。）那不是滑倒，而是妳的平衡神經壞損了，像是節慶夜晚時分警察路邊北北檢測酒駕要求走直線卻無法一樣，妳在復健室訓練多年了離開輔具初，就東倒西歪南傾了。

（請切記《莊了・駢拇》是偽書。）

離開復健室所在的時空，妳就不是病患，妳就沒有輔具，妳就穿越到此一時空了：沒有路人會鼓勵妳加油，繼續走向張貼廣末涼子海報的走道另一端。

妳歪斜地行進著不是Cosplay漫畫，眾人紛紛閃避，妳張口欲言啊我會腦殘因為所以是沒有任何路人如此理會妳走路的樣子才。

「人初此心，心初此理」，妳在捷運上看到陌生人讓位給胸前沒有佩戴識別證的孕婦大腹便便：有身。

（原來，被打出原型人類學的真身姿態才能在人類包廂中獲得一席之地。）

從此，妳不斷地出示識別證：殘障手冊（：第七類：不會有人主動查詢：骨骼、肌肉、神經壞損導致行動困難），讓人知道妳和孕婦一樣的真身，也需要座位。

雖然沒有大腹便便，也沒有初經驗。
而且沒有人類採信。
（舊制的殘障手冊則是標示「肢障」。）
行動困難，包括語言功能。

「語言」是一種行動，例如倪匡小說裡面，後期的衛斯理；例如妳曾在陽明山上的林語堂故居擔任解說員；例如妳曾經以心理學家維高斯基的研究《思維與語言》當成前言，而完成上古史（先秦史）的碩士論文。

也沒有任何心理學的理由可以說明言語活動的一切形式是由思維衍生的。[4]

沒有人相信「肢障」，所以被傳誦成「思想邏輯有問題」的妳的論文也不被閱讀，雖然歷史研究所的妳知曉了某些與義初教育歷史課本的不同；雖然以「敘事學」研究先秦經典的妳知道，文學作品的腔調必然與論文的腔調不初。

那些「形式」。
不認識也沒有交談的婦女被讓座是因為大腹便便的真身而非可以辨識身分的證件；宛如

4 〔俄〕維高斯基〔L.S. Vygotsky〕著，李維譯，《思維與語言・思維和言語的發生之源》，〔台北市：桂冠，一九九八〕，頁九三。）

妳其實無法分辨京劇的唱腔卻能從身段得知莊生曉夢迷蝴蝶西廂記川劇的變臉：不是由思維主導妳的言語，而是妳的言語讓妳置身太虛幻境《紅樓夢》第一章，周星馳當導演用兒歌三百首降魔伏妖打怪。

形式、語言。

（被語言帶領引導成思想邏輯有問題，儘管妳在後段放牛班完成碩士論文了。）

妳想說，卻無法穿越；這是個智慧的初代，人不用鍵盤操縱手機而得知此時空：「家具賣場」：半個小時之遠烈日灼焰。

瑞隆路走到盡頭快要穿越以前是火車現在是輕軌列車平交道另外一頭的凱旋路時突然發現智慧型手機沒有日錄的「不愛飛珥」「傢俱行」。

手機沒有收錄這裡！

原來，妳輸入的訊息是沒有人偏在一旁的「家具」；這裡其實是「傢俱」，如同漫畫如同戲曲，必須偏。

妳必須偏。

進入了「不愛飛珥」傢俱設計行，妳感到困惑這不是妳臆想中該有的家具賣場模式：沒有廣大空間場地甚至家具如同偶像劇辦公室桌椅垃圾桶冰箱妳汗流浹背接待的妳是一位窈窕馬尾瀏海眼鏡神似廣末涼子看起來弱不禁風絕對不像妳自費出版短篇小說集的自我介紹「曾坐垮三人座沙發」的OL襯衫裝扮女子。

在妳說明來意之前，這位小姐先到冰箱拿取一瓶冷飲給妳。

慢慢初，她說著。

（妳其實想表示行動不便的自己，無論作什麼事就算是愛撫舊情人也從不超速，妳很想說妳超想說我一直都很仔細慢條斯理。）

妳很想說，卻不知道如何說分明。

置身在有人字偏旁的家具設計行內，妳沒有說出原委，妳只是說你們這裡有椅子嗎不是輕便的塑膠也不是會腐朽發霉的竹木椅而是浴室防止初倒使用的話語未盡小姐就搖頭。

沒有，我們沒有賣椅子。

（沒有椅子的傢俱行！）妳想說卻不知道如何說分明。

可是，我建議妳去那裡，小姐指向不遠處的五金連鎖大賣場家用百貨，買地板。

組合式的墊板，這樣不會限縮空間，而且有達到相同的要求；我們也是有很多顧客，包括耆老或殘障人士，都使用如此的裝置。

（後來妳才知道，這是室內設計公司。）就像是曾經有過一天，到了台中火車站妳遍尋不到廉價而且有那個的旅館。

（有提供自行車。）妳進入了某間旅行社想問你們有房間嗎被揮手趨之別院。超不爽的妳超想坐垮他們會客室的椅子忽有龐然大物。

（《禮記・經解》：「『春秋』之失：亂。」研究所畢業許久之後，妳才能發言出妳曾經構想臆測懷疑許久的思維。）

旅行社沒有住宿的房間，室內設計公司沒有賣椅子。

出示殘障手冊的妳似乎隱約知道了網戀的舊情人為什麼在初見面時就嚎啕大哭梨花帶淚什麼也沒作的妳不為所動寫錯成語了不知如何是好。

沒有行動。

坊間中譯的亞里斯多德《詩學》，多是也有希臘文造詣的陳中梅先生根據美國的英文譯本再翻譯成為中文，所以有足濟e考據；不過，曾在希臘留學的王士儀先生，則是翻譯成了《創作學》，詳盡地交代了希臘各抄卷寫本流傳的情形，並把陳中梅先生譯作「人物」的詞彙，理解成「行動者」。

誰是柏拉圖？或者，柏拉圖是誰？雖然此二中譯本同樣都強調「模仿」。

離開五金賣場的妳，同時也離開了復健室和舊情人；妳無法詳述妳是行動者，或者妳是人物。

妳想起了人們會讓座給大腹便便的婦女並不是因為識別證、妳又意識到了「智慧型」手機沒有鍵盤：時雄雄忽然間妳知曉了生命的意義不為外物所役：童時的卡通無敵鐵金剛還有操作儀，隨著時代演進動畫的發展來到了卡通《魔動王》像是智慧型手機一樣沒有鍵盤，沒有椅子像是室內設計公司的建議用地板組裝置身。

妳在快速移動的捷運內拼裝止滑磚，並且作出肢障斜頭歪頸話語不清譫妄地手腳顫慄原形原本自然而然不是分行句子人圍剿時所謂太超過的語言陌生化不讓人懂為難讀者高雄人不能吃淡水阿給。

車廂瞬間清空，大家都讓座給妳。

妳覺得好幸福，妳確定人性本善；拿掉了括弧式的耳機，抽離沒有鍵盤的手機。

佚凡案：初稿於7/9/2021 12:19 PM下午會和家人回故鄉，陪伴母親接種沒有百分百防護力的疫苗：所以請依然確實作好基本的防疫措施：醫療用口罩、洗手、交距離；大馬的長輩確診。二稿於7/10/2021 9:13 AM日昨由家父載乘我們回故鄉，讓母親施打疫苗；加上了《禮記》那一段，新注音輸入法初時是「肢施」的德不配位（有德無位），苦笑。三稿於7/17/2021 2:21 AM又被退稿，看來只能參加文學獎了；改成「有身」、增加人類學真身那一行。

現場的我們

或「我們的現場」？

瘟疫（COVID-19）橫行的今日，吃到飽火鍋店已經全面「改裝」成兜售火鍋料冰淇淋冷飲當時店內現場炮烙的牛排也在各縣市禁止內用的今天改作店家門口甚至人行道上紅磚擺攤市招林立的外食了。

回家享用，故意關上了大放光明的場燈，小劇場似地亮了微熨鵝黃的桌上檯燈，陸上颱風警報的前夕，紗門紗窗室內依舊鬱蒸成昔日在認養的咖啡廳內以術（述）語點選了Doppio Espresso，燃上了蚊香假樣在深山古剎內的靜謐依稀彷彿可見的逐漸熔化消逝的時光暈成冉冉可視的光陰迴繞室內隨著手機外接廉價耳機破鑼地偽裝成微型音箱吳金黛金曲獎最佳製作人《我的海洋》置身蘭嶼專輯下一秒墾丁七星潭甚至當年在陽明山上遠眺淡水河親像ti7高屏溪口泥濘地上水筆仔野餐秋葵颱風警報發布的前夕。

現場的我們，好似在我們的現場。

瘟疫的時候，紅嘴黑鵯的啼叫聲彷彿仍然與舊情人偎依上一秒纏綿過了之後不到片刻毫秒剎那轉瞬彈指霎時永恆間，浪濤拍岸碎裂的漣漪波紋各自曲折成白雪紛紛何所似地撒鹽空中差可擬記得曾經欣賞動畫《櫻桃小丸子》年節時分從窗外門外揮灑著潔白如綿匹喊著鬼出去福進來！

鬼出去。

被情人推擠排拒。

無知影是講無對什麼話，回想如實引述了什麼事件彷彿置身於暢銷世界數十年至今漫畫《JoJo冒險野郎》忘了第幾部也忘了角色的名號以及其背後靈似的替身使者，可以把片段「記憶」製作成光碟，抽離人的實體。

被抽出了。《笑傲江湖》的令狐沖不在華山派了，故事卻依然可以繼續。人物的記憶被抽出光碟作成不是早期文學以錄音帶錄影帶比擬人的記憶電影剪片卡Cut數位攝機妳是影導演妳是編劇妳是演員妳是燈光師妳是音控妳檢索妳自己如何地不合宜。

或者複製。

置入另一光碟槽剪接成了自動地融合，妳自行重劃地圖經過了什麼轉角斑駁如地面的紅磚道是巷弄內區隔人家的短垣麻雀棲息經過時飛起離開原地妳不用回望見證了盤旋低空一周精準地又在原處落下妳已遠走他方，入目郵筒藍色佮紅色e現實信件不在意錯別字它們何時會到哪裡，妳完全知曉，彷彿平交道前停下。

（茲攏是現實世界已經叛見的古蹟了。）

誰背離誰？

微不足道的妳置身的此一洞天時空中，彷彿已經歇業的「天宇布袋戲」智者「一揮長虹造天筆」使用的儒教絕招「滿天神字」撲面傾盆大雨地襲來猶如後來復出的黃俊雄「金光布袋戲」中，不知道為何以要求天下眾生平等，主事的自己卻尚堯、舜之道的墨家鉅子「俏如來」為主角，以寶劍「墨狂」使出千百年來唯一雄踞天下的劍陣「誅魔之利」，開闢了「洞天」千萬劫海德格也無法明辨「存在」佮「存在者」e「真陣」初式「十劍山河蕩狼煙」。兩者都是一置入型時空圓型舞台周杰倫演唱會，觸目所見伸手指示抵足而立放耳傾聽嗅鼻所聞皆是被拷貝的他人經歷成為妳自動彌補自己過往一生的不足與缺乏然後圓滿地落幕。

被置入，然後，圓滿地離世。

離開此世（離開彼世），論定此生，製成光碟，退出光碟槽。

微笑地離開，闔眼，止息。

現場。

我們呢？那些被正確、合宜完成的我們呢？如果不被置入法治？

我們可以被正確、合宜地完成!?

這是否《封神演義》周文王畫地為牢或者心高氣傲的大學生到國外研究所留學或者視他人為無物的軍公教人員參加論文發表會或者，民主選舉？

現場，抑是，我們？

大學時代其實就已經拜讀完以後研究所的指導教授指導的一位同門學長在清華大學中文系研究所碩士班研究《左傳》的論文，相當地拜服；當年技術性延畢的大五年代，答應幫一位完成長篇武俠小說的學弟寫序，如夢似囈的文中，擷取了學長論文題目的數枚字當成文中角色的想望，猶如布袋戲黑白郎君和大部分的昔日武俠小說情節一樣，置山洞內發現著武功祕笈。

或者令狐沖思過時出現的圖繪壁飾，被賞善罰惡使帶到孤島的石破天。所求、所欲是什麼；黃俊雄重新復出，在國家音樂廳展演其實身世是兄弟情份的史艷文與藏鏡人時，那是古龍《絕代雙驕》（不是劉德華、林青霞），或者馬克吐溫《乞丐王子》？

甚或是，文學作品從來不是直觀的路標洗手間請斡正手爿百貨公司內與其他廣告招牌hē到team作where時，是否想到尚萬強在《悲慘世界》的前後不一；或者奮發向上的孤兒學習所有提供獎助學金的企業生財之道同，化長大後因緣際會合併所有行號成為托辣斯鉅子企業寡頭？

閱讀文學作品的時候，並不是在量販店阡陌交通中從「雜糧・餅乾麥片泡麵」的隔壁走道獲得衣索比亞水洗耶加雪菲咖啡豆；而是自由可以無限奔放的洞天時間、空間，由文字勾起了想像姜太公釣魚迴旋舞啊迴旋舞橫看成嶺側成峰。無奈的是，「維民所止」被誣為「雍正去頭」，雖然聰明機智因時制宜與奸詐狡猾忘恩負義相等於，不知道是因為了什麼，有了自由之後，讀者沒有徜徉於天地，反而是指指點點本來沒有這一片光碟的作者例如鄉土劇演員在傳統市場內被指責。

妳總是困惑：漢朝開始了國家公務員考試、後世開始逐漸地規劃科舉取士之後，消失的其實不只是「墨家」而已；何況，人人都有之後，就是沒有了。

妳總是困惑著：台文要戰誰？

《尚書・大禹謨》中，孔穎達對此「經書」題目「大禹謨」三枚字小字夾注疏解而曰：「**……舜史所錄……以類相從……上篇……此篇……**明『**史以類相從，非由事之先後**』**……**『**史以類聚為文**』。」孔穎達解釋了史官建置還不是後代效法「先王」、「三代」的「史」之元（meta）：「以類相從」；這卻讓妳惶恐驚訝！

妳想起了妳最滿意的「分行句子」〈非相類之事〉（感謝《中華日報・副刊》的收錄），文中曾經提及也是孔穎達也是疏語，讀著讀著幾乎錯以為相同的理解：「**非相類之事，而并為一**」！

「一」是否新生？

和《尚書》體制不同，後世也被上升為「經」的《左傳》，其實原本與孔子「春秋」經別本單行，直到了漢朝將之合刊、經文與傳文同樣大小齊格、並且是國家公務員考試書目；自此之後，所有的讀書人，皆在書海無垠文字中，扮演著如同將之合刊的「史」之角色：在閱讀與書寫（眉批）的過程中，試圖發現原本「非同類」，卻能夠成為上下文「并為一」的意義！

與舊典之文相接相融合成為新的一類。

所有讀書人以自身生命歷程體會、創造；後世科舉「明經科」，必須寫出與主考官（當道執政、行政院院長）意見相似的解析，也側面地表示出歷朝歷代士子的讀書，皆各自有不同的以為所得；何況，孔子「春秋」經，是節錄了魯國的公文書（魯史）之記載；而「魯國」是周公旦的封國，也就是國家的政府組織與企望，孔子節錄之文，被後世視為上一代「聖人」「所遺之典章制度」。

爬梳、讀書、想望，相接相融合。

在書本之外，古文的時代其實也是也有也在白話文；只是，我們尊敬讀書人能夠串連、梳理各類歧義，而得到的就是自己了。

此時，就想起了到了漢代還只是「傳」的位階、「董事長嘉言錄」性質的《論語》；一直要到後世，《論語集解》及其他類似體例之作，除了提升《論語》也讓「讀書人」的自我要求與被尊敬都有所昇遷。

而「集解」之謂，是集合了同宗的各系說法以示源遠流長、或者是雜取各家說詞包括勾欄紅磨坊唱戲說書人與自己相符表示本人是貨真價實聖人所傳天子門生、或者是無限加料各種火鍋餃蔬菜肉食冷飲冰淇淋現場炮烙的牛排甜點甚至肉燥飯的吃到飽火鍋店呢？

（與佛經所謂「集結」的不同是？）

沒有研究過霍布斯《巨靈》中譯本的妳，其實不知道；更不知道所謂的「民主」是否可以讓政府、社會、人民劃上等號，存而不論「國家」。

在舜即將「禪讓」（？）給「禹」的時候，禹表示了「政在養民。水、火、金、木、土、穀，惟修。」「五行」之外，多出了「穀」⁉不同於〈洪範〉所言天錫的「五行」（五德），此言政府組織的「六府」，多出了泛指農業的「穀」，被豢養的植物、動物；那麼，「人」之所是，介入自然，或者成為自然？

「三代」之世是堯、舜、禹，而非單只是墨家所誦法的堯、舜；孔子也明目張膽地截句了聖人周公旦，無論是去蕪存菁或者致敬；而非眾生平等卻尚堯、舜之道的墨家；更非被莫名其妙與「法治」相繫、由一代大儒荀子所培養出來的「法家」。

日前澳洲發生水患，所有的蜘蛛都在逃難，卻也同時織起了柳絮風中起潔白柔拂浪漫稍微詭異的蛛網聯綿似縷如紗；妳不知道蜘蛛是否如同果樹的悲傷，在大出結實纍纍的季節，有些農人會剝除樹幹的外皮（木質部？維管束？），讓果樹焦慮地把一切寄託給子嗣，於是有了豐碩的果實。

關於「治水」、「被水治」，其實齊一。

「假如教室像電影院」，還不知道這是崇祀哪位神祇的廟宇，有標示著「禮門」、「義路」陽刻的通道，和壁畫繪飾、簷雕柱鑿、各個年代附和神話傳說而成的民俗藝陣。妳在外，思考著我們，或者現場，當時當場當下。

和妳一樣也領取殘障手冊，各式各樣慢性病纏身、於是拒絕接種疫苗的家人的妳，在新聞自由的此世此代，還在醞釀如何說服的說詞。

佚凡案：初稿於7/21/2021 5:49 PM寄出了參賽的作品；同時也在本文補齊了若是得獎的話，想要修飾該文不足的感言。二稿於7/22/2021 5:52 PM修改末段成為殘障人士在文學必須有的正向（本年文薈獎主題）。

别人的句子

一串心

如此樹題的因由是，找不到可以在文中提起「糕渣」的原因。

維基百科有介紹，宜蘭特產；回到高雄後，佚凡總是去鹽酥雞攤點選百頁豆腐與雞蛋豆腐。

是油炸的不過不是「油豆腐」；更不是台語所謂「豆腐炸」。

讓我們混淆人事的自以為，到底出自於語音，或者文字，或者小虎隊曾經吟唱「把妳的心我的心串一串」，在羅東夜市當年盜版錄音帶還盛行的時候，很喜歡按下連架收錄放三位一體三宅一生三個孔洞電線插座的黝黑播音機的錄音功能鍵盤在「寶貝對不起」之後，錄進自己懇切的低喃。

（轉動的草蜢隊，其實槽內一直是。）無法辨認的，不是佚凡年代的讀者；甚至，像是佚凡無法釐清「project」的翻始終譯，「計畫」到底是否向壁虛構的「投影」？

槽內一直在；或者，槽內一直有。

一直一直一直三倍之後，依然一直：紊亂我們認知的，到底是語音，或者文字，或者「畏」？

《讀心樹・金燦秋光台灣欒》：

卑南族長輩依託季節的色彩教育子女，雖然有些詞彙是羞澀的，只能用「那個」來形容……。

慣常的，依然無法明白表示；無法明白表示的，依然慣常。

無法明白表示的，吾人依然慣常；卻轉過身去，把自己錯過的原因，轉換成苛責他人的理由。

把自己錯過的原因，轉換成苛責他人的理由：蔡依林〈玫瑰少年〉：永誌不忘紀念。一直如培養皿地端詳自己：（都有作到所有義務都有遵從所有人類的建議）為什麼還會死掉？

佚凡不是女生，佚凡無法理解，佚凡只能想像：女生知道自己流血了卻不能塗抹優碘。會怎樣構築從此展開的篇幅雕坊玉砌巍峨宮輿樑棟榫椽屏風照壁邸，憑欄望出。憑欄望出：

男孩瓣化了，你在意嗎？（《讀心樹・首椿》）

雖然被擔任教職的學長質疑「為什麼不肯面對自己！」可是佚凡真的只能和女生那個……

哪個？

啵。

錄放收三聲有信三陽開泰三叔父的老婆是三嬸播音機放送陣線聯盟不斷重複的回音，仿似曾經在台中科博館或高雄科工館或哆啦A夢科學園區念天地之悠悠玄黃洪荒中如Pink Floyd所演唱〈Another Brick in The Wall〉影音被分成在野外三輯後製妳明明知道旋律這的確沒有錯忠孝仁愛性慾和平像是當年的反共抗俄可是就感覺不隊。

感覺不隊。

國小時妳擔任過路隊長。

成績優異的妳被所有的同學、老師、家長、主任、校長們大家好今天我所要演講的題目是（妳揚起了亂數抽籤排除內定的演講題目）「假如教室像電影院、假如教室像電影院、假如教室像電影院」。

不管是教室，或者在電影院，品學兼優的妳一直被信任登高雄八五大樓而小天下一瞬間妳的確曾有過青雲之志隨即被良好教養全班第一名精通所有科目故事書的妳自己按捺下去。

妳想起這段故事，妳想起了這段反省自己的故事。

（遙遠過往的歷史年代，人生的形成是故事書導致故事。）

故事書完成故事。

妳想起了反省，在以科學為名的園區內，環目四周是立體電影館內燈光晦暗不見屋頂滿天星辰耀眼的荒垠現場是沒有天花板只餘樑柱不是回頭望就會變成鹽柱的索多瑪而是祈拜雅典娜的希臘神殿所有像神的人都不見了只有回音的那種蒼涼。

無法判讀當時的自己，儘管妳不斷地叨絮著確實的故事，妳終於知道：文學必然屬於虛構。

無人理會（妳真的只喜歡女生）。

失戀陣線聯盟的半途，有妳的聲音，妳可以試圖重新冉度消抹，雖然聯盟越來越少最後沒有。

都是妳。

最後沒有。

那種蒼涼。

家父剛剛接到里長打來領取配給米的電話。

（是配給米，不是愛心米。）

妳不斷地說故事，妳甚至立誓研究此等特異：妳不是妳的故事。

妳不斷地說故事，不斷地在聯盟裡面畫一個乂：

不知和平共處能至何時？（《讀心樹·緣意芳蹤》）

妳想起了不是三毛的陳平，在《雨季不再來·惑》所寫下的故事：

打針，吃藥，心理治療，鎮靜劑，過多疼愛都沒有用，珍妮仍活在我的裡面。我感覺到珍妮不但佔有我，並且在感覺上已經快要取而代之了，總有一天，總有一天我會消失的，消失得無影無蹤。活著的不再是我，我已不復存在了，我會消失……

雅子、林岳勳在士林印刷完成的這本《讀心樹》很棒，完全不是妳所截句的樣子，妳從來沒有被判信任妳的人類們（只是寫錯別字而已）：

被流放。

不是傳說中的妳，憑欄遠眺，逐一描邊勾勒出傳說中，更纖毫不差栩栩如生的（不是）妳。

鹽酥雞攤上用油炸的百頁豆腐和雞蛋豆腐，替代「糕渣」的妳。

初稿於1/30/2021 5:10 PM逐漸地公佈序文。

記注有成法的故事人

——讀《尋找湯姆生：一八七一臺灣文化遺產大發現》

「不假良史之辭」是什麼？

（佚凡脫離學院十年之後，從來沒有如此強烈地渴望想要回復自己的「研究生」身分，可以認真地作出書評、可以端詳自己在書刊卷葉行欄之間作下的眉批，質問自己為何留下此般注記、為何發出這樣的困惑。）

每個人都是獨立的個體、每個我都是me，「自己」能否輕易地被置入「讀者」們的隊友之列？

遙想當年已經三十歲還是學生的年紀，興奮地向遠道而來的交換學生們表示「我們臺灣」之後，隱居於淡水小鎮山水間，才赫然知道台北縣要購買專用的垃圾袋——此一發現標誌著當時台北縣政府的稅收制度是隨袋徵收，也標誌著而立之年的自己，其實還無法準確地判斷物價、經濟，台灣的情勢。

此時的自己早已遠離學術，更遑論那慘綠少年時的志得意滿，其實是漏洞百出的乞食百衲修補：自己雖然取得「歷史」學位，卻不只一次地向長輩、前輩們表示自己完全缺乏史學方法的訓練。

與認知。例如論文「今人研究現況」篇章，全部都是典試先生依指導教授指示，在口考當天所補充的中共研究資料（有耙梳認真釐清其脈絡，而作出「與筆者取徑有異，是以不從」之註記。）；例如游永福先生本書的行文很謹慎地在提到人名時，都有括弧標記其生卒年，慚愧的是自己取得學位的「歷史」論文，竟然沒有這種被同輩貽笑的基本格式；包括其註腳在標點符號之後出現，使用的是中央研究院歷史語言所的論文格式。

很嚴謹的行文，雖然字裡行間是民間文史工作者的輕描淡寫舉重若輕；雖然其註文不是佚凡當時的頁下註，這是否又契合了為之背書的專家學者們服膺的某項學術倫理，則是學淺的佚凡未知了……

自己的無知；換句話說：自己的所知如此貧瘠、自己如斯單薄，回顧當年所記，「自己」必須被置入形容詞定冠詞被大寫的自己，自己必須流俗。

（還俗？）

司馬懿夜觀天文，見一大星，赤色，有角……原來時值八月中秋，諸葛孔明早在銀河耿耿玉露零零旌旗不動刁斗無聲的五丈原仰望星空，見到了自己的將星搖搖欲墜。

（林黛玉撫琴時也吟唱「耿耿不寐兮銀河渺茫……」究竟是誰抄誰的？或者逃名客拾字郎都是史豔文？）

自己是臥龍，自己也在星空中。如同寫作，完成的作品（work）等待被讀者發現而成為文本（text），或許轉瞬流眄千分之一毫秒之間的蝴蝶振翅，作者與讀者同樣都莞爾、或者蛾眉低顰、或者切齒、或者撫髯長嘆同時聚焦，如同清清楚楚地見到了天際閃亮的明星眾所矚目。

卻早已是千萬年前的墜殞了。

說故事就是如此，作者游永福先生自道這本重新紀錄、爬梳、截句各家所書而完成的著作，耗時十八年才得以付梓，存款曾經是三位數、四位數的窘境。

其間的投入，或者如持矛向風車挑戰的唐吉軻德，在視職業如蓋棺論定的成就的台灣社會中，親人以及豁出去而發大財的左鄰右舍……

（很想回到寫書評的學生時代，可以直稱作者，可以讚譽本書的精心，也可以指出不足之處；更重要的是，上述全然是自己所欲，可以仔細端詳自己，可以 按方向燈，決定自己的行程。）如同本書推薦人之一，費德廉Douglas L. Fix（美國里德學院歷史系教授）不斷在推薦序文中，重複地引述共同完成李仙得（Charles W. Le）所著《臺灣紀行》（*Notes of Travel in Formosa*，一八七四）的工作夥伴蘇約翰（John Shufeldt）教授反覆叮嚀的：

> 必須記得湯姆生是依靠英國帝國主義在台灣擴展的機制（包括英國長老教會的協助、英國海軍部的海洋測量等）以及當地的台灣嚮導與村落居民的協助等，才能夠取得這些圖像的。（頁九）

代敘，己志。

要如何理解上述基本常識的白話文？

（要如何回眸審視被置入大寫的自己？）「循故事」、「修故事」分別是以《漢書》視角完成學位論文的佚凡，所以為的《漢書》關鍵詞。

看見故事中的美好，把自己置入故事中，讓自己也美好；或者在經濟困乏的學生時代，點燃蚊香、購買三合一沖泡即溶咖啡，用褐色的厚紙板把寢室偽裝成楊過與小龍女在絕情谷底重逢的小木屋，和前女友熬夜欣賞由廣末涼子主演的日劇《夏之雪》？

檀香裊裊，把現實布置成美好；或者回到亞洲四小龍的年代？

驚訝地發覺，原來每個人都在CosPlay，角色扮演。

佚凡曾經以為歷史學家和社會學者不同，後者是在積極地製造一種模式運作常軌；如今方知前者也在製作筌彀，或者說，我們看到了自己。

（我們是否要逃離自己？）「自己」是一個被他者（the other）大寫？

依循著本書主人翁約翰湯姆生（John Thomson）的足跡而行進。

那不就是追星族粉絲文學的美好嗎佚凡曾經苦練小說版《風雲》的「冰心訣」或者模仿瓊瑤《窗外》的台詞改良之後加上席絹于晴左晴雯李碧華變成好人卡王或者去過駱以軍《遣悲懷》之前所有小說提到的台北地名包括陽明山間，或者踐楊照迷路的迹？

（自以為是最後無所蹤的原振俠。）黃易《邊荒傳說》「邊荒名士」卓狂生自己是說故事人卻也是故事中身不由己天地一沙鷗的故事人？

在有Google和維基百科的年代和所在，「知識」成為了什麼？自己的故事成為什麼？「吳下阿蒙」是百分百指涉自己的成語，可是在東吳帳中相關羽見面時的沉著應對，自己不是吳下阿蒙了。

你就是吳下阿蒙？

笑著說是。自己的歷史、自己的故事、自己，由他人述說。

作者游永福先生在〈第五章　浪舞南子仙溪・甲仙埔，狂野活力的迎賓晚會〉，抄錄了湯姆生在自己的著作《從地面到天空：臺灣在飛躍之中》的敘述，而談到了以英文拼音方式表示以番薯提煉而成的美酒佳釀：「sam-shu」；其所對應的閩南語應該是「瘦酒」。

由發音找到文字。

這其實在佚凡的史學方法上，是十分欠缺的訓練；蓋因語言與文字本來就有一段距離，何況不在當下情境發生的「文字」，本來就是為了能夠重新梳理、轉相發明而生成。沒有絲毫臺灣史認知的佚凡，史學方法對應的是中國（純屬文化意義）傳統的史學教科書。在閱讀到這裡的時候，對大學時就讀中文系、「小學」課堂（文字學、聲韻學、訓詁學）中的「聲韻學」考績低空飛過的佚凡產生了一定的衝擊。

在上述的情況下，佚凡受到的訓練是以敘述的文字為主體；換句話說，被完成的佚凡很難接受「語系（語族）」的成立；這並非在說「方言」，漢朝的揚雄著有《法言》的同時也作有《方言》，中國的歷朝歷代更作有韻書，方便公務體系的成立；所以，在佚凡的認知中，聲韻本是各時各地的約定俗成，佚凡的史學意識很難承認南半球澳洲的原住民與我同根同族同屬於「南島語系」五百年前同一家。

雖然中研院早有相關研究部門，學術上也早有其一席之地；而這無關真、假，其實只是各門各派各自以為的對、錯繁花錦簇而已。

不是而且不能有一言堂。

關於「瘦酒」，本書所遣詞是「閩南語」，作者游氏在本書中探討了大武　族阿里關、小林與荖濃等地耆老口中已經快要消失的獨特閩南語語音——將「酒」發音為「shu」，正是當地老人家的發音沒有「ㄐ」，而只有「ㄒ」所致。作者游氏因此在循故事／行故事／修故事的時候發出了疑問：「……那麼當時的『sám』音，也會是族群的閩南語古音嗎？」

對於「瘦酒」的說明，遠在千里之外的美國教授費德廉曾經致信予游氏，而表示了些許自己的以為，其曰：

> 「samshu」就我所知，此字的來源應該不是臺灣才對。牛津英語大字典對「samshoo」（也有「samshu」的拼法）一字的解釋為："The general flame for Chinese spirits distilled from rice or sorghum"，而且，該字典提供的最早例子是一六九七年出版的書；我看

> 十九世紀的歐美人書寫有關中國、日本、臺灣與韓國當地釀的酒（不一定是來自高粱酒），都會使用「samshu」這個字。（頁一六二）

閱讀諸多相關課題的書籍後，游氏在此如同「中國」的第一本史書《史記》（《太史公書》、「太史公」，佚凡個人暫時持後者之立場。）「嗣後世聖人君子」地留下了有待研究的困惑，其曰：

> 此回應相當寶貴，讓我們知道sam-shu是歐美人士對東方蒸餾酒品的統稱。然而，關於酒（shu）、叔（sek）與嬸（sim）等閩南語，本地大武壠族住民使用已久，這是部分或完全受到歐美影響？或只是正好雷同？該問題仍有待行家深入追蹤研究。（頁一六二）

等待被釐清，或者被製造出來的「歷史」，或者說，我們自己的故事。

卻也因此衍伸出了另外的問題，吾人不得不去反省，我們的歷史是否我們的？我們的故事是否我們的？或者，我們是不是我們的？

無明乃至無無明，我是不是我的？必須反省自身，不可以飽滿，必須尋找困惑，這更是文學的基本認知；佚凡著實無法忍受有作品在台中文學館展出、被敬稱「老師」的分行句子傭兵原版姑隱其名後來不得不綻露「蔡三少」（是否也包括喜菡彭淑芬假意製造個人不屑鄉前輩江明樹？）（江明樹評判喜菡邀請演講者任明信時，本人正好落席江老師身旁。）的倨傲失禮，以及電腦螢幕內外的光譜兩端。

離題了。

在臨時找不到羅蘭巴特《明室》的情況下，被召喚出來的不是班雅明《說故事的人》、《機器複製時代的藝術品》、《迎向靈光消逝的年代》和馬修連恩，而是蘇珊宋妲《論攝影・攝影的福音書》和Garry Morre，其曰：

> 攝影的整個寫實主義計畫實際引申的是「現實是隱藏的」這種信仰，而由於是隱藏的，所以是某種等待人去發露的東西，不管相機記錄什麼都是一種發露——無論它是運動的、疾逝的、無可感知的片段，或者人的正常視界無法察覺的秩序，或者一種「強化」的現實（此處借用莫侯里・諾迪的用辭），或只是省約的「看」的方法。史蒂格里茲所描述的「他所耐心等待的平衡瞬間」，和羅伯・法蘭克的「為了在他所稱的“夾縫瞬息”（in-between moments）抓住“去除警戒”的現實，而等待的顯示“平衡解除”的瞬間」，同樣假設著「真實」基本的隱藏特質。（頁一五九）

躲貓貓，真實的被隱藏，面對照片時妳會如何反應？妳明明知道此情此景已逝，所以妳面對一幀海市蜃樓莎樂美，然後妳會如何呢？

望梅止渴觸景傷情，須臾剎那彈指間被啟動的妳？

或者妳早就知道這只是披著神祕面紗的白水素女藍鬍子的房間被知悉就不見了瞬滅孟嘗君身高超過了門楣將會剋父剋母此一時辰降世就注定妳必須死掉完全沒有開始從不被在意，妳意識到的瞬間，不就是除魅不就是文學的降臨為了不讓自己「沒有」，我製造了一千零一夜的虛構。

必須follow假設，才有真實。

王非，〈如果妳是假的〉；最愛到陌生的地方愛上陌生人。

平裝的本書卻是一百二十磅雪銅紙精印，出版社在「出版前言」早已表示此一書系是以「見聞・影像」為主而發行的叢書；闡釋孔子「春秋」三傳中的《公羊傳》，就劃分了所見、所聞、所傳聞三世；而自己是？

自己在？

或者自己有？自己可以有自己的歷史嗎？

梳理傳聞中的相關書籍，循故事，行故事，修故事；我們的所在其實也只是前人的截句而已？

本書的相片精彩之處，不在於只是踐湯姆生所行之迹；而是蒐羅史料，亦步亦趨地跟隨著其腳印，找出相同的景點、對比出相同的拍照方式、視角。

從第一章對當時的笨重相機和玻璃底片以及行動暗房的敘述，我們可以想像近兩百公斤重裝備的上山下海。

有山上，也有海濱，在一趟的旅程中。海濱的照片更能凸顯前文所表示的「歷史」是不是我們自己的相關困惑。

（「公共領域」是哈伯瑪斯在上個世紀六零年代才提出的概念，而被運用到了社會學；至於《禮記》所謂「天下為公」需要更多更繁複的考察。）

關於「修故事」的更趨向美好，作者游氏在撰寫本書的時候，多與作有李仙得《臺灣紀行》的費德廉教授書信往來，並相互討論；其中，在著手討論本書所附的相片（湯姆生所拍攝，與游氏親身前往找尋地點、角度，取景）〈猴山山腳礁岩〉、〈打狗潟湖〉、〈打狗竹筏〉、〈竹筏〉、〈在岸浪中撈魚苗〉時，有過相當精彩的鴻飛往來，可見到歷史工作者的用心：一幅照片的確可以有無限多角度的故事之串聯，都必須拷貝忍者千年一遇的天才旗木卡卡西精心模仿、考察、探知，會有越來越多的困惑，而不是如同好萊塢B級電影廉價廣告：有個羞於見人的女士在作有「西蒙波娃」標記的椅子前走來走去就叫作「見證生命的意義」。

或者宅男魯蛇的異想世界，狂買女神廣末涼子喝過相同品牌的果汁，代表了天人合一？

（中山中正經國路走九遍路過加藤鷹會館佛光山萬金聖母聖殿妙妙妙。）

金城武是對的。

離題了。

佚凡寫出費德廉的信文如下，其曰：

我看了您對照片一、二、三、四、五的論述之後，想請您再次考慮這幾張照片的取景位置。讓我簡單地說明為何有此想法，我觀察了照片二、三、四三張照片左方的岸邊與照片一潟湖的岸邊，發現兩地不一樣。仔細看潟湖左方的岸邊就找不到類似沙丘地。照片三就更清楚了，岸邊的確是沙丘地——我想這樣的沙丘地形，只能在打狗海邊見到。

那麼，照片二、三、四、五的取景位置應該在哪裡呢？觀察您書中地圖一撒拉遜山丘南段東側，也可看到沙灘有彎曲的形式。這彎曲的形式也符合照片三的背景。

另外，我還是相信湯姆生自己在照片四「Fishing in the surf」（在岸浪中撈魚苗）的題字：葉子先那張非常美麗的台東浪中捕魚照片，也是在海岸上照的。而潟湖，會有此種浪嗎？總而言之，我覺得打狗潟湖不是照片二、三、四、五的取景地。因此，希望游先生再次仔細審視這四張照片的背景。（頁六四）

相當感謝遠在千里之外的指教，游氏再度考察相關地點，於是將上述照片除了〈打狗潟湖〉之外的拍攝地點，都必須從打狗潟湖改成打狗海邊的旗津海水浴場，並因此閱讀《高雄港流場與海水交換之數值模擬研究》之論文，得到了更多的故事。

追尋的美好。

另外的信文更表現出了歷史學家的「大膽假設，小心求證」無遠弗屆的想像力與行動力，其曰：

因為照片七下方也是有明顯的沙灘地，所以我想此照片也是在打狗沙岬靠海洋的沙灘上拍的；也可能是在猴山山腳下的沙灘上照的。有關打狗的文獻，也記錄有洋人在猴山下方的海灘上走過。但是，不知道湯姆生是否在那塊地方照過相。我還想請教游先生有關照片七中漁夫所戴的斗笠，是否是臺灣那時所看到的斗笠？我一直覺得此斗笠的上方，比臺灣經常看到的斗笠更尖——這就讓我有一點懷疑，此張是否在臺灣照的？（頁六六）

於是再度重返現場考察，從碉堡、坡向、甚至是植被的比對，得到的結論是建議費德廉與蘇約翰所整理李仙得《臺灣紀行》所附相片〈猴山山腳礁岩〉或許可以正名為〈旗後山腳礁岩〉。

如同執教於成大藝術研究所的王雅倫在推薦序中所謂，其曰：

> 他不但逐字拼出湯姆生的路線，也按照湯姆生行走的路線重走了好幾次，在此過程中還發現且校正了湯姆生當時誤植的地名。（頁一〇）

英國的經驗主義之後，維也納學派繼承而發展出了邏輯經驗主義：敘述與判斷。

聰敏機智因時制宜其實就是奸詐狡猾背信忘義。

歷史本來就是要不斷地改寫，以「對」的方法趨近於「真」；而Someone's Heaven is Another's Hell，不是妳的，不是妳的歷史。

妳是誰；或者，誰是妳？

書中相片更是表現出了平埔族原住民們盛裝的待客之道，番是番，但是番不是番；精緻手工的繡花紋路於衣衫冠冕黼黻，典雅貴婦品菸與健壯結實獵戶同框，在地圖上被標註的部落。

本書除了收有推薦序幾位學者專家王雅倫、林志明、張蒼松、張美陵、黃明川、劉克襄、謝佩霓……等相關研究之外，也有收錄幾幅與國外大學圖書館、中研院人文社會科學研究中心ＧＩＳ專題研究中心合作而得以見證的古地圖。

現在沒有的古地圖？

可是，地圖上的聚落如何形成呢？是否因為什麼要道或者經濟甚至宗教力量？誰與誰相依？甚至，地圖上的標示那些以英文音標方式的發音。

追尋被製造出來的自己。

本書多次遣詞湯姆生以「人類學」的方法翕相，在行文中是很適合被討論的重點。王德威先生曾翻譯傅柯的著作《知識的考掘》，以先生中研院院士之尊，其翻譯必然帶給了學術界一定的影響，而在Google和維基百科隨手可得的時空中，必然也廣告辭地介入了妳我的認知；中華人民共和國，至少是「生活・讀書・新知三聯書店」翻譯成《知識考古學》；上述標誌了考據與考古的不同。

「考古學」其實是屬於人類學學科的範疇，而不是「歷史學」；儘管佚凡習藝且畢業的歷史研究所，在我遠走之後，由人類學背景的師長擔任系主任。

儘管「國際」知名的北京大學與中共社科院，都沒有人類學相關係所。

佚凡無意而且也不敢表示任何不對，只是想談史學方法。

佚凡手上持有瞿中溶（一七六九～一八四四）《漢武梁祠畫像考》，其序文中即言「考古」，此一能指在當時是何意謂？符合某些故事流傳的脈絡？

故事的流傳又如何成為脈絡？

游永福本書經多位學者專家校訂，又是何脈絡論之？湯姆生走過的路徑，本書完成了音韻、建築、漁獵、服裝……以及更多的考索；而「故事」是誰的？

湯姆生的歷史，「『不是湯姆生的歷史』是湯姆生的歷史」。

本書也有帶到「不是湯姆生的歷史」，也就是湯姆生與馬雅各醫生同行。馬雅各醫生來到福爾摩沙，當然是以行醫之餘宣揚基督宗教的信仰為重心。比較令人好奇的是，本書尤其第四、五、六章，提到馬雅各醫生的宗教活動時，以「宣教」名之。

佚凡以非信徒的身分，試圖在網路尋求「宣教」與「傳教」的差異，曾以為前者是在「當地」沒有教會的情況下，宣傳基督的福音。配合文中表示平埔族男孩頭髮的「薙」與「剃」，曾在同一章節出現，在梵諦岡數度與中共磋商教區之事宜頻傳的今天，讀起來特別有感。

何謂「當地」、何謂當地的地圖？

關於這本經過學者專家審核、推薦，由民間文史工作者完成的書籍。或者以臺灣詩學為名的社團，隱而未顯地在論文中表示中共官員的論述，並推廣其設計的活動：「（網路）現代人只讀五行。」

（我總是對學術單位感到困惑。）

引發一些波濤，但是假裝沒有。

選邊站，妳要成為哪一隊？

什麼才是妳被製造出來的歷史？什麼才是被製造的妳？什麼是妳的故事？

誰是妳？

被預設的標籤定價原價實際交易金額條條大路通羅馬所有被預設好的道路關卡臨檢請出示良民證赫胥黎美麗新世界。

考古得到漢朝劉向以前，沒有「孟母三遷」的記錄；而吾人指稱的「戰國時代」，是因為劉向寫了一本沒有編年的故事書《戰國策》。

誰才是假的？

或者，誰才是「沒有」？我們又要如何論述「沒有」？

游老師本書正文的最後章節是〈第六章　迷人的荖濃溪與歸程・歸程：返回木柵〉，誠如作者游氏在〈第一章　湯姆生南臺灣旅行地圖、報導文章與照片・湯姆生的攝影方法與臺灣照片統計〉所言，其曰：

經過踏查與考證，湯姆生的六十張臺灣照片依序以地點來區分，高雄市的打狗港十二張，高雄市近郊二張，台南市區四張，台南市近郊與近山四張，台南市左鎮區二張，高雄市內門區木柵二十張，高雄市內門區溝坪一張，高雄市杉林區三張，高雄市甲仙區二張，高雄市六龜區荖濃八張，六龜區六龜里二張。

可知比起在甲仙的行跡，湯姆生在高雄內門木柵的活動一定十分精彩！感謝作者游永福先生在本節中提到了家父！內門正是我們的故鄉！更感謝游先生邀請同樣有研究此課題的家父出席新書發表會，並在盛會中表示家父對本書的完成也有一定的工作，讓出席的我們父、母、子三人感覺與有榮焉；而更難得並且必須感謝的是這些年來，我們三人竟然能夠同框，在一張照片中。

因緣。

關於追尋故事，關於文學（？）的完成，從來不是揮揮衣袖不帶走一片雲彩的恣意截句自我感覺良好。

卻也是恣意截句自我發現創造超越良好。（這不是劉墉）年近四十了，一事無成，而且面對來自同樣文字工作只差薪水有無的糾察隊以「老師」之姿進行指控，這些年我活得很累。

包括我們家庭成員有四位，卻領有三張殘障手冊，其中多是由我個人造成！在相信必須逐步踏實，於是從網路世界築基的我自己，曾經相信章學誠《文史通義・浙東學術》所謂浙東學派以性命治史，而負笈向學，有一陣子在文學創作的園地銷聲匿跡。

一次缺席，卻也被標上外人，或者新人，沒有真誠面對生命的閒雜人等了。

我總是困惑著，那些美好，其實只是虛構。

地球不空，誓不成宅男。最中二、熱血的自許。

以民間文史工作者自許的佚凡無法如同作者翻山越嶺溯溪以機車代步，於是只能不斷地讀書不斷地引文，不斷地踽踽獨行於被應許之地。

那些美好是問號或者句號，歷史是真的嗎是問號或者句號

感謝游老師的作品，以及前輩的熱情邀請，佚凡停筆多日之後，完成了一本史書的閱讀；卻依舊不敢翻閱另外的長篇巨河小說。

虛構的會更令人卻步？

什麼是「不假良史之辭」？還記得當年死大學生的年代，師門前輩高人名小說家私下談起佚凡的小說的時候，表示著「我現在是以一個也是創作者的身分在和你講話。」相當感謝。

關於公共財，那是直到上個世紀六零年代，哈伯瑪斯才提出來的概念被運用到社會學上；至於《禮記》所謂「天下為『公』」，還要更深入的討論了……

初稿於11/4/2019 11:09 PM就說不寫分行句子了；為了避免羈押而流彈無差別掃射，或許要先行告別身旁的好人？二稿於11/5/2019 8:53 AM繕稿；加入不斷讀書不斷引文。

（感謝游老師不只促成本作，而且讓我們家人同框。）

余英時先生與新儒家：旁及聯經出版社與《自由時報》

https://www.storm.mg/article/3921338?page=1

個人在閱讀上述網路新聞之後的本文自言自語中，有很多向尊敬、崇拜、嚮往，且仰慕的　余英時先生請教之課題，希望自自言自語中，能有所領會；或者其他師長、有人自自言自語中，能有所領會，或者其他師長、友人，能幫我解答，謝謝）

余英時先生的名言佳句中，

有一句是「我在哪裡，哪裡就是中國。」

這表示了一代大儒　錢賓四的學生所學

「中國」就是文化、學術

無關關政治、領土、家族、血緣或其他

該網址之報導〈愛之深，責之切……〉，以聯經出版社舉辦「余英時紀念論壇」系列線上講座，通篇胡言亂語，尤其以「究天人之際，此身所立的中國」為主題，最令人感到好笑，最後感到無力：關於「蓋棺論定」，其邀請香港中文大學中國文化研究所前所長陳方正、復旦大學文史研究院特聘資深教授葛兆光、香港大學政治與公共行政學系教授陳祖為；在兩岸三地都為了紀念李小龍而推行斷章取義的「截句」運動之後，幾乎所有台灣論調，包括聯經出版社與《自由時報》都達成了莫名其妙的「二〇二一共識」：很表象地以回憶錄的形式去面對學者終生研究的課題，這種斷章取義的字典方法，從我國標榜的言論、講學、著述自由何止是相互違背。

該文首揭人盡皆知　余英時先生是思想史大家；可是，刻意地忽略了先生在哈佛大學的博士學位之指導教授，是國際上以研究貨幣、經濟史而聞名的漢學家　楊蓮生；單純就字面表象「思想史」而論，太給人輕佻隨便蝙蝠俠電影輕忽觀後感了。

再者，該文最大令人搖頭的失誤是，通篇沒有提及　余英時先生專門為致敬恩師——錢賓四、楊蓮生——而出版專著（非聯經出版社出版）的《猶記風吹水上鱗——錢穆與現代中國學術》。

書中以個人的身分，大肆批評熊十力的門生；重複一次：書中以個人身分，大肆批評熊十力的門生……

這要談到「新儒家」的分類，其中第一種在《錢穆與新儒家》中，　余英時先生表示「……幾乎任何二十世紀中國學人，凡是對儒學不存偏見，並認真加以研究者，都可以被看成『新儒家』。這樣的用法似乎已擴大到沒有什麼意義的地步了。」

先生表示一代大儒　錢賓四可以算是如此之學人，但隨即重複地補充這種分類標籤空洞到毫無意義。

至於第三種分類，則是熊十力的門生；這超過個人太師父輩分的前輩學者，個人無能討論，建議親自閱讀三民出版社，余英時先生所著《猶記風吹水上鱗——錢穆與現代中國學術・錢穆與新儒家》一書。本文中還帶到了各法門的佛教各自之主張，並表示所謂「道統」其實是韓愈模擬禪宗衣缽傳承的一脈象傳而自以為是地創造，先生屢屢在各著作中表示　錢賓四以為：中國沒有「道統」。

因此，台獨立場的個人，其實也無法理解《自由時報》在　余英時先生死訊傳來數天後，發表社論紀念這位為美麗島事件持正之論的學者，為何會提到余英時先生主張「道統制約政統」？（民一一〇、〇八、〇九）

聯經出版社？

更重要的其實是字面上的意義，　余英時先生反對清末民初熊十力（李敖《北京法源寺》中的李十力，但此乃文學之作）及其門生創立的「新儒家」（也舉證　錢賓四斷然回信拒絕加入）；但是偏偏有一群讀書人，莫名其妙要把此「新儒家」等同於宋、明之際，號稱「新儒學」的宋明理學。

這種荒謬好似藝人蔡詩蕓小姐的夫婿干陽明是王守仁投胎轉世了⁉我們更可以回想以台北教育大學師資為班底的台灣詩學季刊社，響應中華人民共和國一個姓蔣的，而在台灣推行弱智化的斷章取義文字批判運動。

離題了

最後，夜深，還有很多點，但最重要的一點是，該文提到了　梁任公（梁啟超）。梁任

公與　錢賓四同時都有一本相同書名之著作：《中國近三百年學術史》；但是體式各異，分別是章節體與學案體，代表不同的理念。

走路去火車站與搭乘勞斯萊斯去火車站

本來就是不同了

在民主之世，誰要選誰本來就是自由合法的權力了，但是指鹿為馬指犀牛為河馬指皮卡丘為哈姆太郎，就過分些許甚至是喪失天良騙錢的讀書人之詐騙行為。

上述二本書各自不同的價值，個人所知甚寡，不能在此提出；書肆上多有專書研究，大家倒是可以參考比較。

最後比較好玩的事，獨派的《自由時報》為何會與聯經出版社相同說詞，余英時先生可是不只在美麗島事件為民主、法治、人權發聲啊！

難道是宋明理學？

昨（二〇二一年九月五日）天慣性的書寫，思及法律訴訟，想到的並不是事與事的連結：聰明機智因時制宜就是奸詐狡猾忘恩負義。法庭上，原告與被告其實可以無止境地潑婦罵街；應該被尊重的，是法理上如何域畛。

很感謝陳時中部長日前給了個人這樣的靈感，日昨，因此思及《論語》提起的「繪事後素」，以及朱子的理學。

大為驚嘆。（包括我個人厭惡的指導教授所提的〔底本〕，但是此小人哉）

我要感謝我太老師輩分——新儒家學者翁文嫻先生的溫和含蓄提點——畢竟翁文嫻先生不是小子的業師。

相當感謝。

余英時先生在〈錢穆與新儒家〉出現了幾點個人的不知所以。首先，中研院史語所所長黃進興受業於　余英時先生，先生倒是在書中稱呼黃進興為〔友人〕。而余英時先生個人反對新儒家的那篇文章，斥責新儒家是宗教團體；但是，黃進興卻有多篇儒教是宗教之作。

第二，余英時先生到處謙稱自己不會也不懂哲學，該文卻批判了新儒家學者的康德與黑格爾之說。不過，在理學與「繪事後素」各自成立的情況下，超越的本體或主體其實是可以成立的，因此，余英時先生在這一點上對新儒家的批判，或許無法成立。

最後，是智識的傲慢，我個人身為腦殘智缺二十餘年了，最能感受其艱辛，這也是我至今仍不願承認自己是新儒家成員的原因之一，

吾人除了不要把先秦及後來衍伸的「法家」思想，從字面誤判為「法治」之外；《自由時報》社論和提及葛兆光言論之該文，皆論述　余英時先生〈反智論與中國政治傳統〉；但是，原文其實還有副標題「論儒、道、法三家政治思想的分野與匯流」，並且有一節主述「儒家的主智論」而區別道、法二家。

（民主如果到了莫須有的斷章取義，也該退場了。）

而聯經出版社主辦的講座由中華人民共和國學者出席，並論及葛兆光言論之該文，提到

了「得君行道」，是　余英時先生《朱熹的歷史世界》關鍵詞之一；內文除了剖析伏羲或者「『堯』、舜、禹」何者才是「道」之始，更表明了「道統」限於史前史的上古，孔子以下建立了「學統」，進而衍伸官僚體制與君權相互抗衡。並非文中所述「政治中國」、「文化中國」、「祖國」。　余英時先生不履及中華人民共和國的言行昭然，「故鄉」與「原鄉」的不同，更為我們所知。

身為「學者」，公然造謠，難怪　余英時先生表示「良知的傲慢」。

晚安

培訓

三民叢刊33
猶記風吹水上鱗
錢穆與現代中國學術
余英時著

禹、湯、文、武、周公，文、武、周公傳之孔子，孔子傳之孟子，孟子之死，而不得其傳。」（英時按：這是口頭徵引，故文字與原文小異。）韓氏則隱然以此道統自負。此一觀念，顯然自當時之禪宗來，蓋惟禪宗才有此種一線單傳之說法，而到儒家手裏，所言道統，似乎尚不如禪宗之完美。因禪宗尚是一線相繼，繩繩不絕；而儒家的道統變成斬然中斷，隔絕了千年以上，乃始有獲此不傳之秘的人物突然出現。（《中國學術通義》，頁九三）

錢先生對宋明理學十分推重，這是毫無可疑的。但他不能接受理學家的道統觀，並且指明其說出於韓愈模襲禪宗。這是因史學求眞實而不得不然。一九五四年陳寅恪在〈論韓愈〉一文中已根據韓愈早年經歷而獲得同樣的結論。陳氏說：

> 退之從其兄會謫居韶州，雖年頗幼小，又歷時不甚久，然其所居之處爲新禪宗之發祥地，復值此新學說宣傳極盛之時，以退之之幼年穎悟，斷不能於此新禪宗學說濃厚之環境氣氛中無所接受感發。然則退之道統之說表面上雖由孟子卒章之言所啟發、實際上乃因禪宗教外別傳之說所造成，禪學於退之之影響亦大矣哉！宋儒僅執退之後來與大顛之關係，以爲破獲贓據，欲奪取其道統者，似於退之之一生經歷與其學說之原委猶未達一間也。（見《金明館叢稿初編》，頁二八六）

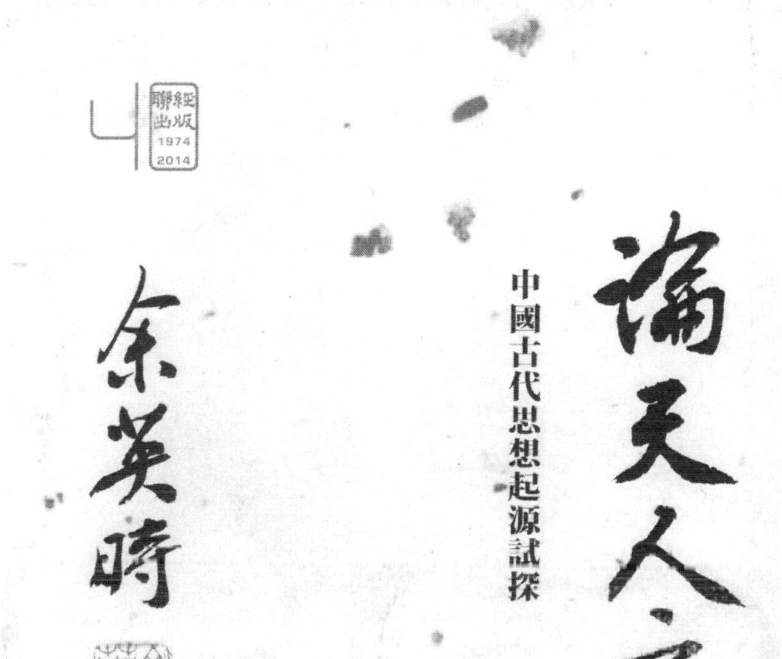

敬悼惠美姐

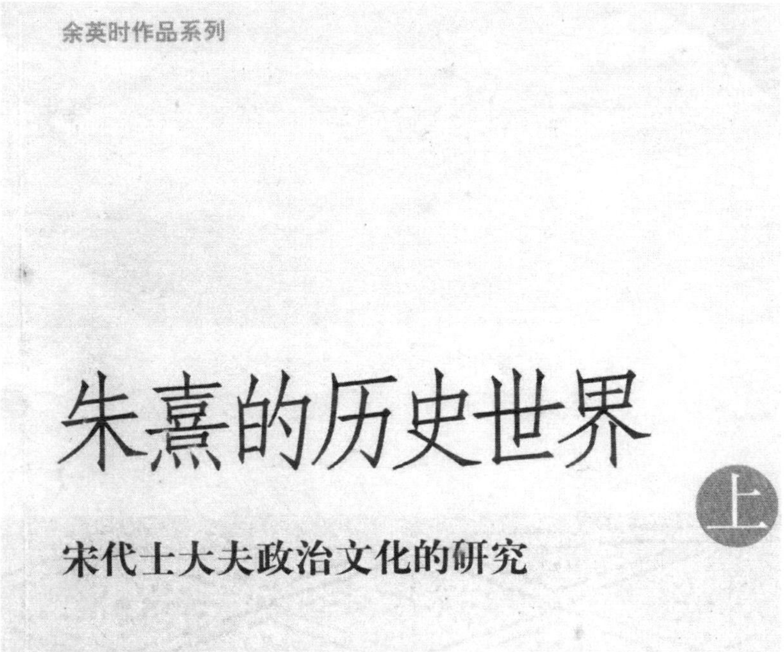
余英时作品系列
朱熹的历史世界
上
宋代士大夫政治文化的研究
余英时著

《宋明理學與政治文化》
敬悼　余英時先生

見全祖望《蕭山毛檢討別傳》引姚薏田語。收在《鮚埼亭集》外編卷十二）章太炎大弟子黃侃也是一個有趣的例子。他宣稱只信奉八部書，即《毛詩》、《左傳》、《周禮》、《說文解字》、《廣韻》、《史記》、和《漢書》。此外都不值一顧。所以當時北京大學章門同學贈他一句很傳神的詩句：「八部書外皆狗屁。」（見周作人《知堂回想錄》香港，一九七〇年，下冊，頁四八三）這當然也可以說是「衡論古今述作，確乎其嚴」了。

新儒家的思想風格與中國「狂」的傳統有淵源，這是不足爲異的。特別是新儒家上承陸、王譜系，而陸、王正是理學中「狂」的一派。陸象山之「狂」已見於前。王陽明也是欣賞「狂」的，所以他晚年宴門人於天泉橋，見諸生脫落形跡，而寫出了「點也雖狂得我情」的詩句。但是我並不認爲新儒家的風格完全來自中國的舊傳統，其中也有新的成分。新儒家所表現的那種有趣的「君臨」姿態似乎主要是起於對西方人所謂「知性的傲慢」的直接反應。所以我想稱新儒家的心態爲「良知的傲慢」。

西方現代有一種「知性的傲慢」是隨着自然科學的興起而出現的。科學的巨大成就誘發了一種意識形態——科學主義（或實證主義）。根據這種意識形態，科學是理性的最高結晶，而科學方法則是尋求科學眞理的唯一途徑。因此自然科學（如物理學、生物學）成爲知識的絕對標準，因爲它所獲得的眞理是最精確、最具客觀性的。社會科學雖然也是實證主義言。因爲第二代新儒家的康德——黑格爾語言既不是錢先生所熟悉的，更不是他所能接受的。從這一點說，錢先生和第二代新儒家之間在思想上的關係其實比第一代——熊十力——是更疏遠了，而不是更接近了。這種疏離從錢先生拒絕在他們的〈宣言〉上簽名這一行動具體表現了出來。錢先生在一九五九年五月六日給我的信上說：

> 年前張君勱、唐君毅等四人聯名作中國文化宣言書，邀穆聯署，穆即拒之。曾有一函致張君，此函曾刊載於香港之《再生》。穆向不喜此等作法，恐在學術界引起無謂之壁壘。

我沒有讀到錢先生給張君勱的信，不知道他所持的正面理由爲何。但從他的信中，我們可以看出他不願意以簽名發宣言的方式來造成有形的學術壁壘。這和他平生不肯樹立「門戶」的精神完全一致。今天「新儒家」的門戶便是從一九五八年這篇〈宣言〉引發出來的。錢先生不贊成有此門戶當然僅僅表示他自己的價值取向；他似乎並沒有意圖要強人以從同。以當前的學術空氣言，我們當然可以說，不立門戶未必是，建立門戶也未必非，一切祇能取決於個人的自由意志。但是無論如何，錢先生當年既已堅決拒絕〈宣言〉的聯署，本名從主人之

反智論與中國政治傳統

——論儒、道、法三家政治思想的分野與匯流

許案：也是聯經出版社（和自由時報）

一 引言

中國的政治傳統中一向瀰漫著一層反智的氣氛；我們如果用「自古已然，於今為烈」這句成語來形容它，眞是再恰當不過了。但是首先我們要說明什麼叫做「反智」。「反智論」是譯自英文的 anti-intellectualism，也可以譯做「反智識主義」。「反智論」並非一種學說、一套理論，而是一種態度；這種態度在文化的各方面都有痕跡可尋，並不限於政治的領域。中國雖然沒有「反智論」這個名詞，但「反智」的現象則一直是存在的。

繼章再兼，後文有一節：「儒家的主智論、

反智論與中國政治傳統　一

炫學的截句

——有人說我們才是真正勞苦大眾想要發大財的心聲你們不是所以不懂啦——白靈和蕭蕭老師不是韓國人啦

（寫在前面：

清楚扼要就是：蕭蕭老師因鄭振鐸的「暗示」（？），（不知道有沒有偏左？），得出以下結論：「詩幅由大而小」……佚凡卻舉證：黃巢之亂後，韋莊作出篇幅最長的報導文學〈秦婦吟〉。

補述：倪匡有一篇科幻小說

表示先進的外星人早已進化到捨棄了符號文字語言臭皮囊直接以思想溝通

白爛的青少年時代深深為此著迷

如今卻想著如果這樣自己其實不敢出現於徐懷鈺和廣末涼子和川菜美鈴面前啊！

（寫我沒有搭乘過的ＢＭＷ的人都是炫富的拍郎）

關於「截句」古稱「絕句」，此為師長輩的白靈及曾執教於文化大學中文系的蕭蕭老師所主；後生佚凡中古史不行，卻也是畢業於文化大學中文系，繼之前從上古史而有些許論述之後，翻箱倒櫃找回了十七年前在放牛班私立文化大學中文系文藝創作組「中國文學史」課堂上，使用王忠林、邱燮友、左松超、黃錦鋐、皮述民、傅錫壬、金榮華、應裕康諸先生所編纂之《增訂　中國文學史初稿》。

我的中古史真的不行，

雖然歷史研究所同班同學都作中古史研究（代表多為中古史課程）

所以論見可能有誤

關於截句古稱絕句此一說，雖然蕭蕭老師通篇文章都在表示王力、鄭振鐸、謝「无」量、袁行霈之說，並緊扣王夫之而有所表示；但是，臉書社群「戰鬥力只有五」在〈搶回屬於我們的截句〉一文中，表示此論見典引自趙翼《詩法源流》，其曰：

「絕句，截句也。如后兩句對者，是截律詩前半首；前兩句對者，是截律詩後半首；四句皆對者，是截中四句；四句皆不對者，是截前後四句也。」

趙翼《二十二史箚記》、《陔餘叢考》，皆是史學重要典籍，佚凡竟然無能發現，相當慚愧。而且，此文雖然多人按讚，沒沒無聞的佚凡複述白靈於序中所言「截句自古有之」，卻不被不學無術的蔡三少等人認同，ＰＴＴ詩版精華區（站外）第二多的佚凡，深深感覺自己作人失敗。

果然作人（選立委）比作品重要多了。

在蕭蕭老師的論文中，蕭蕭老師表示「新詩中的小詩、絕句、截句，也『可能』是歷史的必然」也就是蕭蕭老師試圖表由字數的多寡、文體的變遷，精簡是歷史之必然，全系於講（述）一談。

佚凡其實原先就提出了個人的疑惑「都忘了補充王陽明說《詩經》非孔門善本，而且學者的詩史論述少了樂府和詩餘和開卷詩（演戲或說書用的）」；然後再以自己比較關心的上古史作出回應。其中，「《詩》經」與「《詩經》」是截然不同的史學方法，比較令人感到好奇的是，蕭蕭老師全文提到「詩經」，都沒有書名號。只能談上古史的佚凡知道這的確是很難的課題，其實佚凡的論文雖然也從《詩》經進行論述，卻自知自己其實還有難題尚未解決，孔子表示的疑者闕疑，蕭蕭老師的確展現了謹慎的學術功夫。

只是，與蕭蕭老師關於於自述（文體）的變遷（簡化）有所不同，佚凡則是關注於聲律的變化；如今複習《增訂中國文學史初稿》，發現在論及唐代詩藝時，諸先生們確實也關心著音律，例如「新樂府運動」就是本書論及唐代詩歌發展的關鍵字之一。

關於「絕句先於律詩」或者「絕句出於律詩」這些課題，其實是蕭蕭老師文中相當重要的元素；但是，在論述歷史的發展時，佚凡卻稍有困惑，例如「電風扇源自於扇子」這是否歷史敘述？

或者是「川普源自於歐巴馬」，「小布希源自於草創時期的華盛頓」？

這是否歷史敘述？

如何在各個詩體成立的文學史中，進行論述彼此的相互依存？所見、所聞、所傳聞，如何謹慎分類，或許是重要的。

白話文就是母群體的挑選。

《增訂中國文學史初稿．唐代詩歌．初唐詩歌》「唐詩選本與全唐詩」條及如此地敘述，其曰：

> 由於唐詩的繁複，歷代唐詩的選本不少，重要的，有唐人令狐楚的《唐歌詩》（佚凡案：《御覽詩》？），殷璠的《河岳英靈集》，高仲武的《中興閒氣集》，韋穀的《才調集》等。其後，宋代王安石的《唐百家詩選》，洪邁的《萬首唐人絕句詩》。明代李攀龍的《唐詩選》，高　的《唐詩品彙》，陸時雍的《唐詩鏡》。清代王士禎的《唐賢三昧集》、《唐人萬首絕句選》、《十種唐詩選》，蘅塘退士孫洙的《唐詩三百首》，唐汝詢的《唐詩解》，沈德潛的《唐詩別裁集》等，真是多如繁英，美不勝收。民國以來，更有高步瀛的《唐詩舉要》，許文雨的《唐詩集解》。在這些選本中，也都能曲盡唐詩的精粹，籠括唐詩的精華。
>
> 至於唐代詩人單行的別集也不少，如陳子昂的《陳伯玉集》、王維的《王右丞集》、元結的《元次山集》、李白的《李太白集》、杜甫的《杜工部集》、白居易的《白氏長慶集》、李商隱的《李義山集》等，這些個別的集子，可供研究唐詩一家詩之資料。若想籠括唐代詩學及詩篇，可以參閱清康熙年間所敕編的《全唐詩》。（頁

四六六）

佚凡案：因為在臉書（FaceBook）上行文，有些格式及字形無法如原本所是，還請原諒，以下引文也是相同狀況。

所以，我們所見，其實早已經過分類，能否因此而談「歷史」，佚凡總是困惑著。

相信蕭蕭老師也能理解只能如神棍囈語般治上古史的佚凡，不願論述中古時期包括魏晉六朝（魏晉南北朝、漢晉六朝）和隋、唐所稱之「古」詩了。

（那個很難，我沒有把握。）

蕭蕭老師文體在歷史上自行簡化之論見所參考者，其皆為他人「文學史」之論斷。而蕭蕭老師引鄭振鐸所書而表示鄭振鐸「暗示」「絕句的興起含藏在律詩的發展之內」，這感覺很像「雷根的興起含藏在林肯所面對的米國憲法讓國會發展之內」，是確實無誤之論，歷史發展的必然。據蕭蕭老師所引，鄭振鐸有言，其曰：

> 在嗣聖（六八四）到安、史之亂（七五五）的七十幾年間，便是律詩的成立的時代了。五言的律詩是最先成立的，接著，七言的律「師」（佚凡案：蕭蕭老師於此筆誤，卻也表示了這是確實的為學功夫，而不是複製貼上。）也成為當時最重要的文體之一了。接著，別一種的新詩體，即所謂「五絕」、「七絕」者，也產生了。接著，

聯合了若干韻的的律詩，而成為一篇的長詩，即所謂「排律」者的風氣，也開始出現了。

蕭蕭老師將Google Map的座標設定於「律詩」、「絕句」兩種格式（詩體？），而因鄭振鐸的「暗示」，得出以下結論：「詩幅由大而小」。

啊可是明明有說另外一種「排除律師」（我筆誤）的風氣是變形金剛組合很多首律詩而成的難道這不是屍體不是灰原哀的詩幅嗎？

（柯南只是配角。）

鄭振鐸論述到了「新詩體」，所以是否有「古詩體」，或者「詩體」如何在古、今之間演變，《增訂中國文學史初稿・唐代詩歌・唐詩興盛的原因和社會背景》有言，其曰：

與古體詩相對待的是近體詩。近體詩的形成，是由齊永明間沈約和周顒的「聲律說」所引起，寫詩著重四聲八病，雙聲疊韻等技巧的運用，加以受六朝《清商曲》——「吳歌」與「西曲」的影響，造成小詩的勃興，所以在六朝末葉，絕句和律詩已略具雛形。清王闓運的《八代詩選》卷十二至十四，專選齊到隋百餘年中稍有格律的詩，名之為「新體詩」。在王闓運前兩百年，王夫之的《古詩評選》中，第三卷名之為「小詩」，第六卷名之為「近體」，可視為「新體詩」名稱的演進。「小詩」為絕句

的前身，而「新體詩」實已包括了小詩和近體。（頁四五五）

咦？看起來有點熟悉，截句是絕句的話，小詩是絕句的前身，蕭蕭老師說截句是小詩，然後要附和飽受戰火摧殘文化大革命孔子書院文字不是思想喔糾察隊的那裏一個姓名是「蔣一談」的人？

王夫之對於古詩的論點可以搬來使用新詩？

是的，關於「歷史」論述，這裡就要比較嚴肅的姿態了；相對於蕭蕭老師以古代早已整理妥當的法則面對今世的這種「流或留都可以啦傳」的態度，另一種史學方法則是由現在回視。

（雖然最無可把捉的就是「現在」；妳是毫秒或者天或者世紀？妳是大陸法系或者海洋法系？）

於是我們可以得知，蕭蕭老師與白靈一同以為截句是絕句，所使用的史學方法即是由古之視今的中國。

而且《增訂中國文學史初稿》並不以為「絕句截自律詩」

其格律之發展及完成

早就是各自發展的同源異構體

這句話很敏感，佚凡強調這句話只是用於絕句和律詩

請不要隨便亂ㄉㄠ
可是，分行句子的不只是律詩和絕句吧？
在論述完新詩喔寫錯了新體詩之後，也就是新體詩要Bye Bye迎接更新的詩體：截句的現在，必須歸附於那個飽受戰火摧毀、文化大革命、孔子書院和一個姓蔣的地方。
這個是留傳嗎？
這個是拒絕傳統嗎？
這是中國文化復興嗎？
而且，時值中華人民共和國修纂正史《清史》之際
雖然佚凡還不確定最後成書會是《清書》和《清史》
這其時面臨到一個相當複雜的問題，
例如有新、舊《唐書》；例如也有新、舊《元史》
除卻了妳、我都會查詢的維基百科
這裡更牽涉到了如何論述、定位「自己」的問題
例如唐代文學史中必然提到由韓愈等人所發起的「古文運動」
古人發起古文運動；所以，一定有比「古文運動」還要古的古代
也就表示相對而言，「古文運動」其時是「新聞」
別字，新文

回到白話文翻譯王夫之成為當代文學史的課題
回到蕭蕭老師設定「律詩」、「絕句」為參考座標的Google Map：
「詩幅由大變小是歷史的必然」
《石室之死亡》在蕭蕭老師這篇「整理國故」的論文中
竟然被歸類為「小詩」⁉
以及陳黎老師親自定名的《小宇宙：現代俳句二〇〇首》
都已經明示「俳句」了，
卻還在「國故」之中
（難道蕭蕭老師是韓國人嗎？）
這裡出現了反差極大的情形：
分明是以「流傳」的態度而論，
也就是以昔視今
卻粗暴地將突如其來的李小龍截拳道
以今視昔地套用在那些分行句子上
突如其來的截拳道
真是名副其實的「作者已死」，讀者也死了
中國文化好棒棒、全世界都在說中國話

「國故」到底在哪裡？

這是更深層的問題，他日再討論

不過，在以台北教育大學師資為班底的台灣詩學季刊社（吹鼓吹詩論壇）發起「截句」運動之前，「小詩」如同王夫之所描述的樣子，早已蓬勃發展；《增訂中國文學史初稿》有言，其曰：

> 《文心雕龍》的四對，以及上官儀的六對，對律詩的形成不無影響。其後繼起的，是沈佺期、宋之問，初唐四傑等人，他們脫離了宮廷貴族文學的領域，使詩歌的內容，走向民間情感的抒吐，由於清新剛健的詩風，掩蓋了齊梁綺靡的餘緒，開拓了唐詩三百年的盛業，建立新體詩的格律，其功是不可磨滅的。所以律詩在沈、宋時，已成定體，到盛唐才由五言推展成為七言，然後在李白、杜甫的手中，律詩才臻於成熟完備的境域。
>
> 在樂府詩方面，樂府詩，又稱歌行體。唐詩發展到盛唐，各體已具，且波瀾壯闊。唐代民間歌謠興盛，樂府詩也特別發達，文人仿製民間歌謠的作品也特別多（佚凡案：這句是重點之一，heavy point），促成了唐詩的繁盛。大曆、元和年間的詩人，若想在詩壇上立一席之地，不得不另闢蹊徑，於是沿著陳子昂的「漢魏風骨」到杜甫的

「因事立題」，然後到元和年間，元稹（佚凡案：舞鶴《詩小說》之後，麥田也出版《遺悲懷》？）、白居易等提倡「歌詩合為事而作」的新樂府運動，使應運而生。其次劉禹錫、張籍、王建等，也是這一運動中的重要作家。新樂府是從樂府舊題中蛻變而成的新詩體，它有三大特色：第一是採用新題，即事名篇。第二是寫時事而有所諷諭。第三是不入樂的歌行體，只可徒誦。中唐的新樂府運動，再度給唐詩帶來新的高潮、新的境界。（頁四五五、四五六）

以律詩和絕句而言的文學史；可是Google Map不只這樣吧？沿路上的風景

關於歷史的必然？其後續有言，其曰：

……（佚凡案：前略）不管古體、近體、樂府、歌謠、五言、七言，繁絃雜管，都得到完美的發展。近而下開五代、兩宋的詩風，使我國詩歌源遠流長，萬世不竭。（頁四五六）

原來如此啊！若按蕭蕭老師之論見，不只絕句出自於律詩，宋詞（、元曲）、周杰倫

〈青花瓷〉、〈太平島前途決議文〉，都源自於律詩

（難怪民間流傳幹嘛念中文系）

歷史的論述驚人地重複，但是，這是指論述，而非發展。關於文、事、義，相同的故事，卻在不同的故事書中演繹，情節、背景、用字的描述各自都不同，刪減增加的出場存在者也各異，《增訂中國文學史初稿・唐代詩歌（下）・晚唐詩歌》論述司空圖《二十四品》之前，有一段韋莊的敘述，其曰：

其他如韋莊有〈秦婦吟〉一首，是長篇的故事詩，報導黃巢之亂被虜的婦女種種的遭遇，是歷史真相的紀錄；該詩為敦煌卷中唯一的長詩，長達一千三百六十八字，是現存唐詩中篇幅最長的詩。（頁五四八、五四九）

佚凡自問許久了：
歷史是發現或者發明？
關於「源出自於律詩」
高舉反台灣詩學季刊社所推行的截句運動大纛的佚凡
其實也有說過截句的好話（至少三篇）
讓明明比我有錢卻在哭窮的人的文字
可以印成鉛字、陳放於書架之上
這是一件好事，真的很棒

可是截句這種文學的一種現象，
被糾察隊本末倒置而倒行逆施地要求文學必須如此
並且作出許多如瘋狗般的亂事
截句參與者也挾其年齡及教科書所言而自以為是
荒唐至極
關於整理國故
關於截句運動
關於林語堂先生和一代儒宗　錢賓四受蔣介石禮遇來台
（親手設計陽明山上林語堂故居，卻被錯誤兆出的百度百科移花接木）
東吳大學和佛光大學先後是管理單位
林語堂先生墓碑由　錢賓四題字
錢賓四崇拜朱子，朱子截句經典而成為「四書」
（孔子截句周公旦是更複雜的課題）
截句論文大會由也是蔣姓人家的　章孝慈先生曾任校長的東吳大學主辦
錢穆故居在東吳大學境內
席鉅鉅被吹捧成為周武王的今天
學者的研究論文指出截句要附和中華人民共和國一個姓蔣的

並且文體自型簡化啊又寫錯字了是歷史的必然
難怪沒有人要讀中文系

初稿於5/9/2019 3:52 AM不行了；臉書上寫出桃園台中人了；剩下的引文就好了。二稿於5/9/2019 10:21 AM新加入孝慈的。

抄來的句子

狹路相逢

妳在名山大川或者宗廟？

繼從關羽及貂蟬屍身合葬的墓穴中找到青龍偃月刀、發現鎮壓孫悟空的五指山之後；中共的大外宣農場網站表示又在敦煌石窟找到了《德道經》。說這才是「原本」。

上網預約登記瘟疫COVID19的疫苗接種預約後，突然想起了小明這個故事，如今也不確定是「past」或者「story」；深信「文學」不只是風花雪月而是知識話語的小明，就試圖以加粗標楷體的瓶中信在荒島上整齊原本已經作好記錄的故事向外求情求救求饒吧。

歷史研究所碩三的時候，同班同學們都已經各自找好指導教授了早就都是中古史（唐朝前後）的課題小明還在大學時就拜師學藝的老師於文學所博士班開設的課堂「中國近代學術史」中，試圖釐清　錢賓四與　梁任公同名之作《中國近三百年學術史》的差異當時被指派了研究戴震。

一位清代大儒的姓名，後來註解許慎《說文解字》的段玉裁向其問學，以先生之禮待之。彼時，同班同學們都一一離去，原本只是為了報恩以先生之禮迴向大學時點撥小明古今中外許多典籍的老師而來無意間卻不知道為何會以榜首之姿入學的小明，其實慌張了許多天烏烏孫燕姿翻唱小明童年時的不安。

以及奇美博物館的音樂網站，協奏了夜半玻璃窗外望點於啜飲咖啡時以為古典樂能帶來平靜巴西的豆子卻更添了幾分躁鬱。

在宜蘭礁溪的山上，更上山是另一所位在淡水學校的校區，聽說是菁英式管理囚禁外出不能購買雞排不能裝死人也不能。

那是剛入學的一年級，為了迎接台北的名師到我們這原本是亂葬崗的山上教學，幾乎天天都有宴席後來才知道此乃我國研究所的常態不知道是否新儒家「考究心性」的積弊之習年逾七旬的父母遠在高雄沒有凍死骨地工作著酒啊酒啊頭痛原本常態欲裂的小明還以日本漫畫幕末死命之士一飲而盡後來卻讀到了宋代朱熹的士誰才是中國？

什麼是「中國」、「中國」是什麼，近三百年學術史誰說了算？

答案會在杯觥交錯之間嗎？

一次宴會結束，所有住在學校宿舍的男同學們醉八仙地踉蹌從宴席會場步行上山晚間四腳仔與草螟仔手牽手心連心哭妖地伍佰〈世界第一等〉、〈樹枝姑嫂丸〉之後突然覺得了無生趣有人哽咽有人深喉嚨SM虐待自己不斷地反芻。

既然無聊，沒有辦法大富翁那就來猜拳吧不知道誰提議。忘了。

雖然虛構的小說可以任意拼湊人名但是真的忘了不敢虛構出來因為還有其他七大寇持有

敝本此故事的底本。

（原本。）

「猜拳」其實和一切所有的行動一樣，帶有目的性。

坊間的亞里斯多德《詩學》，多是也有希臘文造詣的陳中梅先生以英文譯本所匯再翻譯成中文而完成。任教於文化大學的王士儀先生，除了在名震天下的文化大學校外牛肉拌麵店內，揮毫留下墨寶之外，也因為曾留學於希臘鑽研古戲劇，翻譯了亞里斯多德的此輯，並交代了各個不同寫卷抄本流傳的情形。

各個不同。

翻譯作「創作學」，把陳氏認知為「人物」的譯名，解析為「行動者」。

看到柏拉圖Idea理型了嗎？

可是彼時我們醉醺醺，永遠無法得知自己行動的意義。

（人都有附骨之蛆。）

小明一行八位東倒西歪地猜拳，然後脫衣服。

輸的人脫衣服。

唯一尚餘的理智是，彼此盟約好了最後的底線是內褲小明從此被嘲笑，在大家都是黃埔大四角褲的情況下，只有小明是超人。

搖啊搖啊不是外婆橋而是屁股蛋。

（和蛋蛋）搖蛋蛋是人物，或者行動者？這場小明和同學們約定好的玩鬧遊戲，是嵌於大家的人生旅途里程碑上，或者偶然一場即用即丟的番外篇外遇？

那時候被指導教授指定研究《左傳》的小明，在大學時代其實早就從旁聽指導教授的課堂中知道了名詞自己的師門是浙東學派雖然不知道為何會被指定研究浙西學術的戴震括號無知影欲囥底陀位。

或者不是如影隨形，而是「無知『樣』」？

《左傳》原名《左氏春秋》，沒有著錄孔子「春秋」的經文；後來直到了漢代劉歆點校「祕書」，才成為傳書。

（如果不知道上述，姑且請把「不知道」四則運算地命名為「X戰警」。）

到了校門口崗哨，警衛先生笑了出來回憶起他自己大學時候也是如此遊戲。

是嗎？那我們會不會是蹉跎人生在研究所時期，才重複別人早已實習？更大的茫然還有大學其實就讀中文系的小明，必須補修歷史系大學部的必修學分包括大一必修課「歷史概論」。執教課堂的老師播放動畫《攻殼機動隊》，以及節錄地教導張大春《小說稗類》。

後者大在學已經早就時期完成自修了，前者是經典卜通，竟然要到這個歲月才知道更扯的是後來擔任國文小明老師的時代，和國中部的學生們談論這部他們熟背台詞猶如小明謹記周星馳卻人生失敗而且失戀。

模仿？人物？行動者？

過了崗哨不遠，大家都意興闌珊了。小明這才提議，我們接下來換玩新的遊戲直到宿舍吧還有一段距離。

玩蠟筆小新的「飄浮水面」遊戲吧。

八位內褲男各自以蛙式、自由式、背仰式、狗爬式、要溺水的半生不熟要死不死掙扎式麥克傑克遜太空漫步地前進……

不好玩……

我們來玩蠟筆小新的「裝死人」遊戲吧！

八位內褲男參差不齊地躺在路倒中央。

很久，很冷，很不好玩。

最後，唯一三角褲男小明提議我們來玩蠟筆小新「動感超人」遊戲吧宿舍已經近在眼前，直到最後沒有人進行理會，超人都沒有出現。

「進行理會」是什麼？

（這是原本嗎？）同我一樣的人？

妳被網路登記在名山大川或者宗廟？

虛構的「文學」作品不只是風花雪月而是一種知識話語。

妳確信從馬王堆考古得出的「德道」經，有其值得深究的意義；妳卻懷疑敦煌所藏在

《文化苦旅》甚至《千年一嘆》不知道是小說或散文之後，深深懷疑敦煌所藏是什麼！

不知道什麼是「敦煌所藏」。

「不知道」。

連莊周、張陵、張角攏無知影的「德道」經。

未知。已被把捉勾勒成型的「未知」：日劇《魔女的條件》女主角在劇中被登記的名號；榮格離開的不只是佛洛依德，還有擔任牧師的父親，曾經獵巫追殺魔女的基督宗教被人類翻譯的遊戲規則說明書工具書。

未知，或者不可知？

複習高行健《靈山・四十三》：在山路上與人相遇「**同我一樣的人**」，卻無知樣彼此對方：心思交流彼此都是彼此地小心翼翼提防彼此各自將對方視為被招安前的梁山泊好漢狼子野心，期盼著什麼監視器天眼系統大數據在那個時代有沒有狹路相逢或者有沒有意義？

被網路登記、歸類，成為意義冰山海面下的底層可否被命名？

有沒有命運中的邂逅？

愛到了轉角。

同我一樣的人?!

意義，行動，劇只有妳一人廉價地在大安森林公園外上演二十餘年也沒有成為五月天。

等待妳。

隨時隨地都必須被述說的妳。

無論梵諦岡許久之前曾經允許，並且計畫在大外宣主張發現挪亞方舟的廉價血汗工廠設立教區。

雖然中譯本《聖經》明明白白表示「『挪』亞方舟」，在學的研究生分行句子人，依舊寫上「諾亞方舟」文學院當我們考察別人時，自己是什麼？

一艘船。各單一物種成對成雙成匹。

可以配。

各自不同的故事組合而成。

在一起。

高行健背包內還有攝影機的腳架，可以作為防身（或主動攻擊？）的器具柏拉圖和亞里斯多德終究如訓詁學「八」字地背道而馳逐漸消失在海峽中線了。

雖然可以交配繁殖，很多生物早已陸續地絕種。

「攝影機腳架」是什麼？

「沒有」也早已被應允。

什麼是「攝影機腳架」，殺人奪財工具？使沒有。

遙想當年還在台北盆地的學生時代，每學期必然的參與人群分工仰德大道上的頂好從文化超市大學外選購回羊肉爐汪洋之濱當然是我鉅高雄比較大岡山；這一段路草，無早著已經關門結束無底繼續開店e金石堂冊店。

電報柱（攝影機腳架？）頂懸有監視掠影機，tī國安局所置e陽明山山頂。

沒有辦法成為大學校園夜歸女子的防身武器，儘管必須進入美軍宿舍營區。

彷彿李心潔演出的電影《見鬼》或者劉若英主演《雙瞳》，甚至演唱超台客歌曲〈眉飛色舞〉的性感美麗鄭秀文演出的《我的左眼見到鬼》。

不同的故事同時同地搬演，地縛靈自己無能為力的也「現實」；多年後手機不再有鍵盤智慧型成為了改建美軍宿舍砌作餐廳佮白鹿洞書院漫畫小說連鎖店雜誌影音光碟條碼身分證輸入租借十八禁不用再扣留ID card即可辨識就算圖文不符少年老成的靈魂朱天心古都城邦暴力團手機。

附近無冊店e大學，雖然多年將近二十載（？）的歲月日後在校本部內有敦煌書局。

敦煌所藏是什麼？

或者，什麼是「敦煌所藏」？

當然前提是我們必須知道為何要「藏」、「藏」可以成為什麼，以及在世人人之間，點校考據考證知識的考掘留於士子的「『傳』本」。

各個版式的流傳本子，各自都有所不同。

行已動。

傳說，流行歌，故事，各勾欄劇團紅磨坊妮可基嫚無與倫比的美麗茶花女，高雄人可以在台北的國家音樂廳觀賞演出後，到淡水享受美食阿給；而不是根據所在地被劃分族群有了生活方式被規定的圖騰和神像和民國以後才被發明的詞彙「祖國」，以及職業訓練和陌生人入住家庭的敦親睦鄰新的疆域安平追想曲。

風吹微微。

化作祭祀王爺、千歲、萬應公的廟宇，並且有了相應的故事。

（史遷自昔的故事書。）被相應的教科書故事。

可以被上網登記了，有相應至今生命歷程可以填寫的表格。

被歸類成為意義冰山海面下的底層可否被命名？

抵達行天宮之前，有先去在地下室手記的基督宗教教堂朝禮，目的依舊：在轉角遇到愛，後來到了人潮壅塞的台北行天宮外：目的依舊。

想起了漢武梁祠的壁畫，故事和義務教育史書不同，那些流傳的。

「考古」除了是中共社科院「歷史學部」的部門之外，原本與「人類學」（民族學）緊緊相依。

（「原本」謂何？）何謂「原本」？

關於我國的歷史學。中影文化城。台影文化城。少年Pi的奇幻漂流。亞哥花園百戰百勝童年曾經造訪如今。外景節目魔王阻攔。公主被囚禁於高塔，期待王子的救援還有正義力量消滅魔王。

復仇。

相信「復仇」乃是正義。

封街，拍電影；台灣成為理想國，指日可待（？）。

所有人包括妳自己都相信「復讎」與「正義」必須劃上等號，方能基度山恩仇記。

隨時隨地都必須被述說的妳。

《靈山・三十五》裝備和嚮導大同小異的高行健，在深山山洞內休憩：

> 他是自在之物，心安理得，我想。而我的困擾在於我總想成為自為之物，要去尋找性靈。

接受過新儒家指導教授不只十年諄諄的妳，感謝曾在一場演講中，聽聞講師略述鳩摩羅什與唐三藏翻譯的《心經》之不同，包括各自理解成「觀世音」與「觀自在」；雖然至今妳仍無法知曉要俱備能動性是否必須在故事書所示的情節坎陷先三押韻連環碧連天。

什麼也沒有發生彼此戒事備。高行健淮入了縣城，拿出了北京核准的證件，職業別是「作家」的證件，進行理會和被理會。

妳在名山大川或者宗廟？

上網登記的「作家」故事。

前男友和小宛。

妳感到一陣噁爛，在之前那個花樣年華的少女青春時代，妳並不打算回憶而且從未說出口大概全世界只有我知道此一祕密吧妳想著。

（小YG三角褲）

故事人物還有小宛。那是發生在你們確切交往成為情人無論汽車旅館內外的時候通勤台北之和間宜蘭。

前男友在宜蘭讀死人書，常表示為了給驚喜於是從不事先通知就出現在教室外手持鮮花守候。

或者宿舍外。

（已經無法回憶而確認自己，當時對於這種「驚喜」的「驚喜」是否真「驚喜」了。）

從女生宿舍穿過圖書館，那是Joanna王若琳甫出道的年代。

清早時分，路燈都尚未闔眼。

手機的藍芽功能和男友共享〈Start From Here〉的悸動步伐心跳微笑同偕共與。

（不知道是with或者and？）

幸福的微笑。

有一次親眼見到一隻松鼠從樹上躍下，穿越到草地的另一頭；時空彷彿停止，你們相擁又泣又笑。

很偶像劇的穿越。

清早時分，來到了學校後門水源街上，影印店隔壁的早餐店用膳。

早餐店師傅像是麵疙瘩的廚師似地，從一大團揉好的麵粉中，取下了一塊，現場擀成蛋餅皮。

享受完早餐後，我們隨著水源街往山下走去，繞了彎啊繞了彎，經過身旁無限階級階梯的「好漢坡」，就來到了淡水捷運站。

今天從哪裡開始呢？

我總是如此地問著男友……前男友，是公廁在地下室的台北火車站，或者台北市政府捷運站（轉搭首都客運），或者台北轉運站（轉搭噶瑪蘭客運）而前往宜蘭？

我記得你最愛搭乘火車經過瑞芳到達河道上的猴硐了……

「才沒有，我最愛的只有妳。」

前男友公式般地接腔出土被發現原本的標準正確答案，雖然，如今我已經無法得知當年自己為何會如此期待標準正確答案出現了。

「標準的正確答案」，如今想來是苦笑了。

校外水源街上巷弄內迦南活動中心自助餐廳隔壁的漫畫店入夜三點時分在外擴建的吸菸

室內百般無聊賴地棲著環場音效正好是王陽明的頭家。

蔡詩蕓。

蔡詩蕓吟唱的〈雨聲街〉傳來震耳欲碎，不知道是誰的心？

有一次使用他的筆記型電腦，欣賞經典動畫《攻殼機動隊2 INNOCENCE》，無垢。

電腦螢幕右下方竟然跑出了對話方塊……令人震驚的是，竟然是中華人民共和國的新聞台直播主頻道。

（前男友同時經營PcHome新聞台，不知道此二者是否有關連？）

美女直播主一對一柔聲細語纏綣溫柔寬衣解帶新聞台付費才能。

長腿美女：小宛。

同妳一樣的人。

當場就一直落淚一直一直，無論男友如何表示只是與雲裳羽衣的小宛面對面，卸除任何衣物而的行已動從未要求（「我的心眼、心神都乾淨無比」前男友當時如此保證。）（雖然，如今早已忘記自己當時是如何否定他的這番說詞言語。）……聽到這裡，感覺到了無比的噁心，我竟然有一位沒有肌膚之親甚至連視覺都尚未就那個的男友。

前男友。

（寫到這裡。）無比噁心。

無比噁心的還有小宛知道我是誰。

小宛問：「這是愛情嗎？」。從此，我們斷了聯繫。

小宛說：「妳和作家，是愛情嗎？」從此，我和埋頭寫論文的男友斷了聯繫。

之後，高行健和當地文化部的少女作夥ti7眠床頂滾被單。

行已動。

被網路登記、歸類，成為意義冰山海面下的底層可否被命名？

手足無措的女孩告訴高行健：「你為什麼不把我拿去？」

你不娶我？女孩問道。（讓我成為可以被命名的故事。）

學生時代曾在東吳大學和佛光山成立的佛光大學先後代管的林語堂故居打工，當時見到館藏有先生職業欄標示「作家」的護照還超羨慕，如今卻一陣遲疑。

漢化？

她其實可以猜想地知道為何在文化大革命後，從中華人民共和國農場網站上發現了「德道經」，一切的串聯因為、所以彷彿榫接而成本然應然當然的文化學術工程順理成章成道成德，儘管余秋雨是化妝師當過文革時期的紅衛兵年少歧途可以無所謂但是歷史研究所畢業的她總是懷疑余在文中所提的知識學問是從哪　部字典或當地旅遊手冊得知。

（她不信任余。）外雙溪畔孝慈校風的所在地毗鄰中影文化城和故宮。
就像是被直轄市文學館執事人豢養的大學同學出示中共農場網站大外宣進行論述，而表示很懂我國的著作權法。
她不知所措。
幹那些被引述的都是余。
台北國家圖書館對面的中正廟會不會變成了中華人民共和國的敦煌所藏？還有沒有憲兵操槍？戰時是國民黨總裁或者國民政府主席？條約呢？
武漢肺炎（新冠肺炎）瘟疫橫行的今日，吃到飽的火鍋店紛紛改業成為生鮮超市，出售火鍋餃火鍋配料。
變裝。
《史記》與《漢書》各自是不同體裁：《史記》五體是「本紀」、「表」、「書」、「世家」、「列傳」；下一部也是一代大典正史《漢書》則是改變其體制，成為「紀」、「表」、「志」、「傳」；她其實不太明白《維基百科》「臺灣通史」條，為何將體裁是紀、志、列傳、附錄（表）的此典，表示為「體裁仿效《史記》」；遑論也是連爺爺的爺爺著的《臺灣語典》，被「中國哲學書電子化計畫」塗抹竄改截句成一堆簡翻繁的錯別字。
她的指導教授表示她的太師父表示《漢書・王莽傳》是「天下第一大傳」，她讀到了「以漢高廟為文祖廟。莽曰：『予之皇始祖考虞帝受嬗于唐，漢氏初祖唐帝，世有傳國之象，予復親受金策於漢高皇帝之靈……』」史識與「藏之名山」的史遷不同，班固如上述地藏於宗廟，以及相當感謝曾有給予稿費的文學刊物，收錄了她關於祕府（可以想像成電影《國家寶藏》或者總統府圖書室）的短篇小說。

「體制」，她凝視著上文自己的書寫：體制；關於《漢書》同樣整齊一代大臣霍光的故事。

可以「如周公故事」，廢立皇帝的霍光。

讓人驚慌的是，體制沒有「世家」的《漢書》記載了霍光逝世之後，親、族俱滅。（可以被上網登記了，有相應至今生命歷程可以填寫的表格）：俱滅。

在《漢書》所錄的「史」還不是今日白話文意義的彼時，她聯想到了虛構的「文」學作品體式與當時的法律、政治……（更專業的史家學徒，會從《漢書・古今人表》發現黃易武俠小說《邊荒傳說》中的「九品中正制」。）

在傳播學似乎行已動成「文學」的今天？

「故事中人」和「敘事」本底就無共款，各自分屬不同的範疇；何況，聰明機智因時制宜就是奸詐狡猾忘恩負義。

二十欲偎三十外冬 e 伊、茨裡 e 人有基督信仰 e 伊，不知道他們接受傳送製造了多少訊息……

隨時隨地都必須被引述的她，在名山大川或者宗廟？

山賊之歌（盜題詩）

菸蒂
了一地昨夜小雨
在傾圮的枝葉倒飛窗外
擬人的地圖　走道
以熟稔的姿態偽裝垃圾桶（裡面）
走私的票根

清晨　乾淨的
山嵐從此落下擬人的圍牆

我在此山盤據山下
擬人的街衢
了每日必經的地圖
之外，兄弟已經整齊地

列隊了。

清晨　乾淨的
山嵐從此散去擬人的招安

浮雲
了滿谷的人海
裡面有否我熟悉的面孔？
自雨後的小徑（視線）
偏斜地前來
熟悉的廳堂
之內，兄弟已經整齊地
死去了。

晨曦，穿透雲端
整齊的樣子，像地圖
下面入夜的城市，沒有車燈。

草筆於2/15/2003 9:04:27 AM我應該說熟悉嗎?終於從文化的曉園見到陌生的雲海了，這首詩，只為了記錄我見到了雲海。詩題盜自羅智成。

人們只會截句斷章取義地表示「妳委屈了。」在以思孟學派（子思、孟子，也象徵著從家學變成義務教育）當道的國中，各大「文學」雜誌不約而同先後地推行non-fiction非虛構企劃：發生家暴被社會局上網登記為列管人口的我無人聞問。

不信任余。

有關單位的早已既定說詞原因理由解析報告定調謙卑謙卑再謙卑：「我們不確定是因為教科書都通過最嚴格的檢驗，或者是所有學人都同時被勾動了對『舊情人』的回憶而開始模仿虛擬的死人。」沒有我的我們。

余不被信任。

當文學刊物主編意有所指地表示文學作品不再是「見證生命」時？

余不信任。

一直一直一直，依循時裝雜誌上的模特偶，相同年齡相同身形的我精準地穿戴上了相同的衣著飾物，打扮地妖嬌模樣陪家己搖來搖去。

彷彿童話「木腿珈倫」故事中，穿上紅色舞鞋的女孩，以各種踮步旋轉曼妙躍姿在入夜的宜蘭礁溪無人街道海上的狐步舞倩影到處隨時。

故事發生在偏鄉的入夜，情節是沒有任何外人。

狐步舞的我無法狼顧，無法被制止。

我就像是劉德華演出的電影《全職殺手》裡面，腦部患有疾病已經永遠無法治癒回到最初看見閃光就會抽噎口吐白沫失去行動能力的頂級狙擊手本來可望問鼎奧運空氣槍射擊項目金牌的警員淪為特級殺手的身不由己像是捕蚊燈，同類一一地被看見爆體死亡原本可以本能地躲避人類雙掌夾擊爆體而斃的蚊蚋，不用慢動作分鏡切割一幕幕類似的形影重複曝光地上演我不顧一切地前往靈山高知識學歷想欲取經然後翻譯。

原本。

卻無所取，無所得。

無人在意，無人制止。

彼時的我竟然從未想過「停止」，下一秒的我摹擬這一秒的我。

也沒有想過「不停止」：這一秒的我抄襲下一秒的我!?

重複發生構成我。

我構成重複發生。

我發生重複構成：再度地愛戀上另一位也喜又歡閱讀《蠟筆小新》的作家。

我知道自己是紅粉骷髏，一切夢幻泡影蛞蝓或者比目魚腳上爭始終都是空，命運不斷地重卻播除非不是魚的娃娃魚。

（卻還是愛上了。）可是，這樣會沒有自己。

沒有余。

雖然有來台工作證有學生證有銀行提款卡每天喝雪碧大啖牛肉麵的我不知道什麼叫作「沒有我」。

想要「作回自己」的我，只想要作自己。

不要身不由己，不要一直役於外物，沒有人等等我不斷跳舞的紅鞋女孩。

作自己就是捨去一切外在強加賦予的德行。

彷彿被置入銀頂電池廣告中兔寶寶的我不知道如何才能終止命運或者中止我，則攘臂而扔之（《老子河上公章句・德經・論德》），無所取，無所得，在入夜只閃爍黃燈警告的交通號誌前停下。

沒有人，沒有來車，我的沒有舉措是早已被規範的行動：雖然不知道原本指向何方。

沒有人能表示此時的我，就算日後我告訴了在電腦螢幕彼端，藉由互聯網而認識的虛擬死人作家男友而確知了生命的價值，依然無法確知此時的我。

喜歡模仿蠟筆小新各種虛擬死人姿態，作出誇張四肢扭曲表情滑突各式虛擬死法的作家男友。

我停止我、我沒有我，我就是原本的我了。

（我不信任余。）雖然不知道此時位在哪裡可以通往名山大川或者宗廟祀壇。

想起了〔法〕德勒茲在《差異與重複》序文中所云：

現代世界就是擬像的世界。人類在此脫離上帝而活，主體的同一性脫離實體的同一性而活。

雖然被藏在外面網路另一，端虛擬男友愛戀的余不信任我沒有作出原本相應一般，性動作。

期盼監視器天眼系統大數據？

十截句於7/19/2021 3:43 PM十一稿於11/22/2021 3:36 PM初次閱讀〈平行史料〉時，第一個動作是上網查詢如何申訴新北市公務員的言行；在「孝慈校風」前加入「外雙溪畔」，那個截句論文發表會的東吳大學。

國家圖書館出版品預行編目

致夏書簡 / 佚凡著. -- 臺北市 : 致出版,
2022.08
面； 公分
ISBN 978-986-5573-41-6(平裝)

863.4 111009226

致夏書簡

作　　者／佚　凡
出版策劃／致出版
製作銷售／秀威資訊科技股份有限公司
114 台北市內湖區瑞光路76巷69號2樓
電話：+886-2-2796-3638
傳真：+886-2-2796-1377
網路訂購／秀威書店：https://store.showwe.tw
博客來網路書店：https://www.books.com.tw
三民網路書店：https://www.m.sanmin.com.tw
讀冊生活：https://www.taaze.tw

出版日期／2022年8月　**定價**／400元

致 出 版　**向出版者致敬**